Madame B

Le curiosità di Martina

EDIZIONI WE

ISBN 979-12-5497-035-5

©2023 Edizioni WE di Nicola Bergamaschi
Via Paulli 10/A – 26015 – Soresina (CR)

www.clickpertutti.com
www.edizioniwe.com
www.facebook.com/edizioniwe
www.instagram.com/edizioniwe
info@edizioniwe.com

I

Jorge dagli occhi azzurri

Il passo di Jorge rimbombava lungo i corridoi. Martina sentiva dentro di sé la voglia salirle in gola. Sapeva che presto avrebbe spento questa arsura che la rendeva schiava delle sue emozioni. Il gioco lo aveva scelto lei e lui lo eseguiva. Gli occhi azzurro cielo dell'uomo frugavano lungo i corridoi del Palazzo di Giustizia mentre con incedere lento si avvicinava alla stanza del Procuratore capo Martina Viscovado. Senza bussare spalancò la porta ed entrò nell'ufficio la donna ebbe un sussulto. Abbassò lo sguardo e con passo lento, dispiegando un passo dopo l'altro andò incontro all'uomo. Lui senza emettere un suono rinchiuse dietro di sé la porta e con decisione fece scattare la sicurezza della serratura. Girò per due volte la chiave nella toppa e voltandosi verso il procuratore le ordinò di abbassargli la cerniera dei pantaloni, ma prima di sollevare la sua gonna fino all'ombelico, di abbassare lo slip mostrandogli i peli scuri del suo pube. Lo pretese con movimenti lenti senza parlare. La donna eseguì immediatamente, con enorme gioia dato che fino ad allora non aveva desiderato altro, scoprì la sua natura focosa che era pronta per qualsiasi gioco lui volesse proporle. L'uomo infilò due dita fino in fondo alla vagina e con decisione iniziò a far roteare le dita sempre più dentro fino a farla gemere di piacere. Ma questo bel gioco durò poco, si fermò quasi subito, estrasse le dita e tenendole sollevate in aria come un chirurgo, Martina tentò di parlare ma lui la redarguì con espressione cupa. Lui le fu sopra estrasse il suo pene eretto e duro come il ferro e glielo spinse fra i capelli ed il collo, lei tentò di farselo scivolare in bocca ma lui le ordinò con voce bassa e decisa: "No, non è il momento. Quante volte ancora ti debbo punire? Sei una schiava puttana e non ho più voglia di dirtelo. Tu parli solamente quando e se, io te lo permetto. Hai capito? Puoi solamente rispondermi muovendo la testa. Capito? ". La donna stavolta assentì muovendo su e giù la testa come ordinatogli dal suo padrone. Lui con la sua spada ancora più turgida ed eretta le fu nuovamente vicino alla bocca. Però prima se lo prese con l'intera mano, se lo accarezzò e spinse delicatamente su e giù la pelle scoprendo il prepuzio. Un paio di massaggi ancora e la donna con voluttà lo guardava avidamente, leggermente ingelosita. L'uomo la guardò negli occhi e le chiese:"Te lo sei meritato? La donna continuava a giocare ed ad interpretare il suo ruolo. Stava cercando quello e lui lo sapeva bene. Rispose con voce da gattina innamorata: "Si, sono stata brava e mi merito il mio premio" lui senza rispondere si chinò fino a far arrivare il suo pene all'altezza della bocca della schiava che non vedeva l'ora di assaggiarlo. Poi le prese i capelli alla base della nuca e costrinse la donna ad inarcare la schiena. Emise un leggero grido di dolore e lui con gesto deciso e violento disse con voce bassa e cattiva. "Mi hai stufato, adesso ti do ciò che ti meriti." Lei già pregustava il suo premio e ne era felice ed eccitata. In questo gioco lei non era certo vittima, lo aveva scelto lei il suo ruolo e le piaceva un sacco. Lui la prese fra le braccia e come una bambola inanimata la alzò verso il cielo mostrando tutta la sua forza fisica e la differenza fisica che esisteva fra di loro. Stese le braccia verso il cielo e poi spingendo Martina con forza verso il pavimento la lasciò andare. La donna ricadde goffamente per terra e picchiò un ginocchio, sentì forte salirle il piacere masochista che la animava. La spalla fuoriuscì dall'articolazione ed un grido di dolore fece trasecolare il procuratore di Reggio Emilia. Lei per poco non svenne un po' per il piacere ed un po' per il dolore. Momenti che cercava con una certa frequenza e la facevano impazzire di godimento. Jorge la riprese fra le sue forti braccia, la scrollò ripetutamente come se fosse una neonata fastidiosa a cui un genitore scellerato stava mostrando la durezza della vita. La girò e con decisione l'appoggiò alla sontuosa scrivania, le strappò gli slip neri con uno strappo deciso poi la fece voltare, le fece spalancare la bocca e glieli infilò in bocca. "Succhia lo slip, tira fuori la lingua e fammela vedere spostando la mutandina" la donna col sedere nudo, obbedì immediatamente. Riuscì pur a fatica a far fuoriuscire la lingua dalla bocca e orgogliosa la mostrò all'uomo che le stava dietro. Si girò girando la testa verso il suo dominante. Lui la guardò e senza nemmeno rispondere prese il lembo dello slip bagnato di saliva e se lo mise sul viso e annusandolo sembrava fosse soddisfatto. Ma passati solo pochi secondi riprese la biancheria intima e con decisione lo spinse all'interno della calda fessura che fradicia di umori lo accolse. L'uomo entrò con l'indumento e con l'intera mano, entrò fino a dove la natura lo permetteva. Poi immediatamente ritrasse la mano senza lo slip e con decisione la prese da dietro spingendole il membro dentro fino in fondo. Non prima di averle messo la mano sulla bocca evitandole qualsiasi rumore. Martina godeva vistosamente, il gioco le piaceva tantissimo ed era pronta a tutto pur di trovare il suo massimo piacere. L'uomo iniziò a montarla con un ritmo forsennato noncurante dell'arrossamento che l'immissione del suo membro turgido procurava alla donna ed alla sua zona anale. I testicoli sbattevano contro i glutei turgidi della donna ed il seno prosperoso discinto dai movimenti veloci del dominatore sbattevano con rumori cupi l'uno contro l'altro. Chino su di lei, l'uomo spinse ancora più forte e sempre più a fondo. Lei adesso era letteralmente impazzita di piacere. La prese con forza e vigoria mentre con la mano sinistra impediva alla fremente schiava di parlare, con la mano destra libera, le prese un capezzolo ed iniziò a tirarlo forte, spingendo le sue dita forte dentro al piccolo vulcano in erezione. Il ritmo era vertiginoso, la donna gemeva ed urlava di dolore e di piacere, gioiosa e godente. Jorge si fermò di scatto uscì e costrinse la donna ad inginocchiarsi di fronte a lui ed inizio a massaggiarla sul viso, sugli occhi, sulla bocca col suo spadone d'amore. L'estasi superò il piacere ma la donna si guardò bene dall'emettere un fiato. La costrinse a sdraiarsi su di un fianco e le ispezionò la vagina piena dello slip colmo dei suoi profumi. Lo prese fra due dita e lo tirò fuori sfilandolo lentamente. Le mise la mano libera sugli occhi e le fu sopra in ginocchio. L'indumento profumava di donna, iniziò a sfregarglielo sul seno bagnandola di se stessa. Poi nuovamente, le fu sopra con decisione e finalmente le spinse in gola il suo membro senza muoversi. La tenne a bocca spalancata e la obbligò a guardarlo. Era un bell'uomo, aveva un pene molto grosso e molto lungo ed in bocca la donna lo teneva respirando a fatica. Lui le disse di spalancare la gambe e girandosi e mantenendo il suo pene nella gola le sfiorò stavolta delicatamente le parti intime. Lei stavolta emise un gemito profondo che risvegliò in lui una nuova onda di piacere. La obbligò ad una fellatio furiosa in cui la donna respirava a fatica ma con enfasi partecipava al gioco erotico che tanto le piaceva. Le venne in gola, la riempì di caldo liquido e la obbligò a deglutire lentamente, goccia per goccia. Poi estrasse dalla valigetta che si era portato dietro un frustino di pelle rossa. Girò stavolta dietro alla scrivania prendendo il posto del pubblico ufficiale e ordinandole di camminare a quattro zampe le ordinò di seguirlo ai suoi piedi. La donna eseguì l'ordine immediatamente e si lasciò infilare un collare al collo, poi vide, eccitandosi ancora di più, che fra le mani dell'uomo erano spuntati diversi oggetti che ben conosceva. Le venne ordinato di appoggiarsi con la pancia sulle ginocchia del suo padrone. Il sedere completamente scoperto, le gambe divaricate e la testa penzoloni giù dalle gambe, dalla parte opposta. Era completamente in balia delle loro eccitazioni e delle sue paure eccitate. Jorge le ordinò di mettere le mani dietro la schiena ed immediatamente le bloccò le mani grazie a delle manette. Le fece aprire la bocca e vi fece sparire una pallina dentro e poi infilandole un cappuccio le imprigionò la bocca ma in quel momento, trillò il telefono, lui le scoprì immediatamente la testa, le liberò la bocca e mantenendola in quella posizione la obbligò a rispondere tenendole la cornetta vicino alla bocca. Rideva e si masturbava con la mano libera:

"Rispondi e cerca di essere credibile, altrimenti mi fermo" il procuratore con voce seria ed impostata bloccata in quella posizione disse: "Si pronto? Buongiorno avvocato Sartre no, non mi disturba..." in quel momento l'uomo la colpì con una frustata sul fondoschiena. La donna assorbì il colpo e non proferì nemmeno un fiato. Le carni delicate si arrossarono e l'uomo all'altro capo del telefono continuò a parlare ignaro della situazione. "Come le dicevo procuratore il reato ascritto al..." un'altra frustata partì decisa sempre sui glutei della donna che con le braccia bloccate dalle manette sulla schiena ed appoggiata a gambe aperte sulle ginocchia dell'uomo, subiva senza potersi difendere in nessun modo e senza poter dimostrare né dolore né piacere. Ma le piaceva eccome se le piaceva questo nuovo esaltante gioco. Anche Jorge era sempre più eccitato e non contento le infilò nella vagina bagnata un vibratore che accese e fece iniziare a vibrare. La donna muoveva i lombi avanti ed indietro cercando di non far capire all'avvocato il suo enorme piacere, il quale ignaro della situazione al telefono, continuava a parlare al telefono.. Jorge appagato chiuse la conversazione mentre l'uomo ancora stava parlando. Interruppe la telefonata e soddisfatto le accarezzò le parti intime. Le slegò le mani, estrasse il giocattolo che ancora vibrava sommessamente e con decisione la fece alzare, la spinse via, si sistemò la cravatta, le lanciò un bacio con la mano poi fece salire lo zip e con aprì la porta e sparì nei corridoi del Palazzo di Giustizia. La donna si accasciò sulla poltrona e terminò da sola per il suo piacere. "Che giornata oggi, lui è tanta roba" e sorridendo felice ed appagata abbassò la sua gonna ed entrò nel bagno del suo ufficio.

II

Il trasferimento da Ivrea a Reggio Emilia

Quando le arrivò la raccomandata con la nomina aveva avuto un moto di gioia, subito spento dalla preoccupazione che il preparare il trasloco le procurava. Odiava tutto ciò che era materiale, pesante, fastidioso e poco eccitante. Sapeva però che il suo nuovo incarico le avrebbe permesso di incontrare gente nuova e questo la rendeva più disponibile al lavoro. Iniziò ad organizzare la preparazione delle casse. Cercò un comodo percorso online e scorse qualche prezzo, poi a caso decise di comprare quello che il mouse le indicò. Ne comprò 30 casse di medie dimensioni e ne fu contenta. Iniziò poi a cercare una ditta di traslochi che le garantisse la minor fatica ad un buon prezzo. Provò a richiedere qualche preventivo ricopiando la richiesta e si sedette sul sofà stanca da tanto lavoro. Si sentì vittima incompresa e solitaria. Il suo gatto Minuetto le si venne a sedere in grembo e lei meccanicamente lo accarezzò sempre più languidamente fino a che non sentì la voglia di accarezzare se stessa. Spinse via il gattino e si mise comoda. Iniziò a toccarsi lentamente il monte di Venere passandoci su la mano e strizzandoselo, poi con decisione inarcò la schiena e si liberò prima della gonnellina e poi dello slip. Ricadde pesantemente sul divano seminuda e vogliosa. I suoi umori già si spandevano nell'aria. Allargò una gamba e sempre accarezzandosi la coscia scese ad allargare con due dita le grandi labbra. Lanciò un gemito di sano piacere. L'altra mano arrivò a farle compagnia, passò lentamente dalla coscia all'interno della vagina con una decisione subitanea. La estrasse dopo averla fatta girare in senso rotatorio ed averla fatta entrare ed uscire da lei con enorme piacere. I suoi sospiri ed i gemiti che questo gioco le procuravano salivano alti nell'appartamento. Lei noncurante dei vicini gemeva e si contorceva in quel gioco di autoerotismo che tanto le piaceva. Si scoprì un seno e con la mano umida estrasse lo stesso tirandoselo dal capezzolo. Questo gesto la fece gemere con intensità sempre maggiore. Si sentiva adesso in balia di se stessa e di tutte le sue voglie. Sul tavolino di fronte a lei troneggiava una grossa scatola di pelle marrone sulla cui copertina svettava il simbolo della Repubblica di San Marino, che lei adorava. La aprì e ne estrasse delle palline rettali e con decisione se le fece scivolare dentro all'orifizio anale. Adesso aveva allargato per bene entrambe le gambe e iniziò ad inserirle ed ad estrarle con lentezza ma con continuità. Si accarezzava il seno nudo che penzolava lateralmente. Grosso, rotondo turgida fonte di gioia. Era talmente grosso che lei alzandolo con una mano riusciva a succhiarsi da sola il grosso capezzolo già turgido. Lo succhiò, lo baciò, lo leccò ed ancora lo succhiò avidamente per riuscire ad estrarne il più alto piacere di autoerotismo. Giochino che faceva da anni quando le sue passioni la costringevano a soddisfarsi da sola. Le palline entravano ed uscivano dal suo ano mentre lei succhiava avidamente, la mano ritorno fra le sue cosce e scese fino al clitoride, lo sfiorò inizialmente con delicatezza è voluttà poi, sempre più eccitata, iniziò a girare intorno sempre più velocemente. Raggiunse l'orgasmo una, due, tre volte di seguito ora davanti ed ora dietro. Un fiume di piacere le bagnò le gambe colando dalla sua vagina fino a quelle. Si accomodò sul divano stendendo le gambe ed allargandole nuovamente. Si accarezzò la natura e si rimise il seno nel reggiseno, nel fare questo gesto, vide la rotondità del suo capezzolo, vide i suoi addominali definiti e disegnati che guizzanti la osservavano pronti a contrarsi per gli spasmi del suo ventre. Si riposizionò in posizione comoda per i suoi piaceri e riiniziò a toccarsi lascivamente. Stavolta aprendo la scatola dei desideri ne apparse un manga giapponese. Iniziò a leggerlo pucciando il dito indice dentro se stessa per girare le pagine. Rise di se stessa e di questo modo del tutto personale per umettare il dito con cui fare attrito con la pagina per girarla. La storia le piaceva. Un antico feudo giapponese ospitava la corte del servo dell'imperatore, il quale gestiva la casa di piacere dei ricchi guerrieri della Corte. Sashiko era la nuova arrivata, tenera, gentile dai modi raffinati. La sua pelle candida era nascosta da uno spesso velo di cipria bianca. Yosaki Kamura chiese di farsela portare nelle sue stanze. Era vestita con le vesti tradizionali. Lui fece allontanare tutti i suoi servitori ed iniziò a girarle intorno mentre lei a capo chino aspettava i suoi voleri. Martina leggeva avidamente il fumetto che la eccitava visibilmente., girava le pagine guardando velocemente le illustrazioni. Yosaki prese il capo della cintura e le ordinò di girare su se stessa, la giovane lo fece e la cintura venne srotolata, poi lui le aprì l'ingombrante gonna lasciandole le gambe nude, prese un pugnale e con gesti decisi stracciò le lunghe mutande che celavano ciò che lei voleva. Le fece allargare le gambe e guardandola negli occhi la prese con decisione con diverse dita della mano. Sashiko non emise nessun suono come le era stato insegnato. Lui estrasse la mano dalla sua vagina e la fece inginocchiare dapprima di fronte a lui, poi imprigionandole le mani la costrinse ad assumere una posizione prona con il sedere in alto. Le mani vennero bloccate da manette ed in quella posizione lui le fece aprire le gambe ed inarcare per quanto poteva la schiena. Era completamente aperta al suo piacere sia davanti che dietro pronta a prendere ciò che lui voleva offrirle. Martina adesso ansimava e non resistette più. Lanciò il giornaletto giù dal divano e con forza si sgrillettò forte, forte e venne urlando a se stessa il suo massimo piacere. Si abbandonò ad un sonno ristoratore e sognò ogni perversione che le venisse in mente. Per un paio d'ore si contorse dormendo e si svegliò ancora bagnata ed eccitata peggio di quando si era addormentata. Per prima cosa andò in bagno urinò abbondantemente e poi, si fece un bidet, rinfrescandosi la sua calda natura. Poi si asciugò con lentezza tamponando le parti delicate. Lavò la sua vagina, le grandi labbra aprendole ben bene e dedicò anche del tempo al suo orifizio anale, pronto a regalare nuove eccitazioni. Già pregustava la sua nuova gioia quando il trillo del telefono venne ad interrompere il suo rito preparatorio. Rispose poco convinta e molto scocciata: "Si, pronto chi parla?" dall'altro capo del filo una voce maschile bassa e dal marcato accento meridionale le disse che la chiamava per la sua richiesta di preventivo per un trasloco.

"Ah, sì bene mi dica può già darmi l'importo e stabilire il giorno?" esclamò decisamente più interessata.

"Preferirei venire da lei per controllare ciò che c'è da inserire, una visita diciamo così previsionale e poi eventualmente valutare con lei quando le date di trasloco le potrebbero andare bene. Potrei venire se per lei andasse bene fra una mezzora. Sono di ritorno dalla Valle d'Aosta e potrei quindi passare se a lei, ovviamente andasse bene" l'uomo era fin troppo gentile e mite. Martina pensò che aveva una bella voce maschia e poi essendo meridionale doveva sicuramente avere degli appetiti sessuali focosi, sperò che fosse così e si accinse a cambiarsi. Aveva già deciso che ruolo volesse giocare per sedurre l'ignaro traslocatore.

"Bene, venga pure l'aspetto e gli ricordò il suo indiriz-

zo. Lei è il signor?"
"Calogero Lo Cascio per servirla dottoressa"
"Molto bene venga che l'aspetto.."
Ripose il telefono sul tavolino di fronte a lei e ridendo
salì in camera. Scelse accuratamente gli abiti che voleva indossare e ridendo disse: "Biancheria intima non
ne metto, ho troppa voglia di godere, Calogero muoviti
che ti aspetto con voglia e spero che tu non mi delu-
da". Aveva scelto un abito molto sobrio blu con dei ri-
cami sul bordo bianchi impunturati a mano, aveva la
maniche lunghe e sui polsini anche qui, un bordo bianco impunturato a mano, uno scollo a vi che lasciava
intravedere il prospero seno discinto e senza alcun so-
stegno. Mise delle scarpe a tacco alto con una cin-
ghietta blu che le imprigionava le esili caviglie dopo
aver indossato delle calze velate nere con la riga dietro. Fece scivolare due gocce di Chanel sul lungo collo
nudo e sui polsi che poi sfregò fra loro per far esaltare
la fragranza del costoso profumo. Il gioco era fatto,
adesso di fronte allo specchio si rifilò il contorno labbra con del rossetto color amarena, lo ripassò con del
gel lucida labbra alla fragola, tirò una riga nera di kajal
e dopo aver passato la spazzola fra i suoi bel capelli
corposi, attese l'arrivo dell'ignaro uomo. Il trillo del
citofono la sorprese in cucina mentre preparava due
calici a falda larga ed un aperitivo a base di Martini ed
olive verdi.
"Buongiorno Calogero venga", le offrì la mano che
l'uomo strinse immediatamente.

"Le faccio strada", si girò su se stessa non prima di aver lanciato uno sguardo intrigante all'indirizzo dell'uomo che non parve per nulla intimorito, anzi.

Entrarono nell'elegante villetta dal gusto sobrio leggermente retrò. Mobili antichi e tappeti persiani, arazzi al muro arredavano la casa con un gusto decisamente di gran classe anche se forse leggermente datato. L'uomo venne fatto accomodare sul divano che aveva visto per tutta la mattina la padrona di casa, protagonista solitaria di un film, decisamente eccitante. "Le posso offrire un aperitivo, lo stavo preparando per me. Un buon Martini secco con olive verdi le va bene"? domandò con gentilezza da perfetta padrona di casa.

"Non avrei potuto chiedere di meglio" esclamò l'uomo molto attento, che sembrava quasi avesse capito le vere intenzioni della donna. Continuò "Che bella casa dottoressa, ci vive da sola?" La donna lo guardò con interesse e con sguardo malizioso rispose: "Si ci vivo da sola ma spesso ci sono i miei amici e le mie amiche a rendere le mie giornate più divertenti ed eccitanti"

"Cosa si deve fare per diventare suoi amici dottoressa?" chiese l'uomo risoluto.

"Ma, direi anzitutto chiamarmi per nome. Mi chiamo Martina e poi.." lasciò volutamente sospesa la seconda parte della frase...

"Poi essere bravi nel soddisfare ogni suo piacere vero Martina?" disse l'uomo che nel frattempo si era alzato dal divano e col calice in mano le venne più vicino.

"Intanto cin cin cara Martina e poi dopo aver bevuto

dal bicchiere voglio bere dalla tua patata, so che me lo lascerei fare e che poi ne sarai molto soddisfatta. Sono bravo di lingua come di mazza" e così dicendo si strinse il membro che attraverso la patta dei pantaloni appariva già turgido e pronto all'uso. la donna per tutta risposta allargò le gambe e disse" Vieni bevi pure, non chiedo di meglio"

L'uomo le si pose davanti in ginocchio infilò entrambe le mano sotto alle sue natiche e gliele fece sollevare, poi infilò la testa fra le gambe della donna che lo accolse allargandole ancora di più. I primi colpi di lingua furono lenti e discreti, girarono intorno alle grandi labbra in tutta la loro lunghezza poi, entrò sempre più dentro la vagina e sempre più avidamente bevve gli umori che gli vennero regalati. Bevve, lecco e bevve in una crescente estasi di piacere. Martina era quasi arrivata quando lui smise, si alzò in piedi si sbottonò e glielo infilò in bocca fino in fondo. Le si spinse in avanti e la fece ricadere all'indietro sulla poltrona. "Succhiamelo ben bene" disse ed iniziò a pomparla nella bocca come se fosse una vagina. I suoi glutei si irrigidivano ed i suoi fianchi andavano ritmicamente su e giù. Si fermò la fece alzare e dopo averla messa a pecora la prese stavolta senza tentennamenti e senza fermarsi più. Il vestito alzato sulla schiena aveva scoperto il bel sedere della donna nudo, senza intimo e questo fatto lo aveva ancor più eccitato. "Che bel culo hai dottoressa" Ci dava dentro entrando ed uscendo con colpi decisi e profondi, sempre più profondi. La donna venne gemendo ma lui non dava segni di cedimento. Era decisamente un ottimo stallone che oltre ad avere un pisello di notevole grandezza sapeva anche come soddisfare una donna e non solo. "Ti piace vero? Anche a me" Senza fretta estrasse il grosso pene dalla vagina della donna che aveva da poco avuto un orgasmo molto intenso e senza lasciarle tempo la sodomizzò con decisione. I colpi erano sempre più veloci, profondi, ampi ed alla fine con un urlo le venne dentro. Il suo caldo seme scivolò sulle sue gambe, sulla vagina, sulla poltrona. Finalmente sazio l'uomo si sedette nudo sul divano e si bevve il suo Martini. Il pene era adesso tranquillo ma sembrava pronto ad ogni nuovo gioco. "Sei stato bravo Calogero" esclamò Martina battendo delicatamente il suo calice contro quello dell'uomo. "Modestamente" rispose il trasportatore ogni giorno soddisfo uomini e donne in cerca di...traslochi" entrambi risero e presero accordi per la settimana dopo. L'importo, il pagamento e le modalità con cui avrebbero trasferito i mobili da Ivrea a Reggio Emilia vennero definiti dopo un'altra seduta in cui Martina si sedette sopra all'uomo ed andando su e giù eseguì un'eccitante amplesso che accolse entrambi gli amanti e li vide godere nello stesso attimi, urlando assieme il loro piacere.

III

La casa nuova e la piccola Chao Ti Uan

La villetta indipendente che aveva affittato tramite l'agenzia segnalatale da un amico era accogliente per lei e per il suo fido gattino. I mobili aveva reso il nuovo ambiente accogliente. Calogero ed il suo staff aveva ben lavorato e tutto aveva preso la piega giusta. La nuova casa aveva un giardino comodo ma non troppo grande, un accesso dal carraio ed un accesso dal pedonale. Un grosso box accoglieva la sue elegante Q3 Audi blu con interni in pelle beige. La porta di accesso si apriva su di una bella scalinata con ancora i gradini di antica pietra, il corrimano di ferro nero con i pomelli di rame lucidati a specchi riflettevano i raggi del sole. La ringhiera era finemente decorata con fiori di ferro, splendido lavoro di un buon fabbro. Sulla destra si apriva l'ampia sala, divisa dal tinello da antiche porte con i battenti in legno rustico, poi dopo il tinello si apriva una comoda cucina. Salendo le scale si arrivava fino a due ampie salle de bains e salendo ancora le due camere da letto accoglievano il visitatore. Un ampio terrazzo e due comodi balconi finivano la proprietà. Martina era soddisfatta della sua scelta adesso doveva solamente iniziare la nuova avventura. Reggio Emilia le era apparsa bella, una nobile città d'arte simbolo la seicentesca basilica della Ghiara ed il famosissimo Teatro Municipale Valli. Quando le era stato notificato il trasferimento era stata attratta dalla gastronomia e dalla qualità di vita di Reggio Emilia. Aveva anche letto che la città era stata insignita del premio per gli asili più belli del mondo. Cosa che in verità non la aveva minimamente interessata ma era tanto per sapere. L'architettura moderna dell'architetto Santiago Calatrava nei ponti che percorrendo l'A1 a corredo della stazione Mediopadana dell'Alta velocità che aveva scorso passando lungo l'autostrada invece, l'avevano fatta sentire nel posto giusto. Lei che amava l'antico ma che era anche incuriosita dal moderno. Questa era la città giusta per soddisfare tutte le sue voglie. La stagione era propizia al cambio di stagione ed alle rinascite, la primavera apriva il cuore e le feste ai visitatori. Aveva scoperto che entrando per le vie del centro, poco distante da casa sua, c'era la Sala del Tricolore ed il suo Museo, con i fatti storici napoleonici che rivivevano attraverso i cimeli esposti, poi nella prospiciente Piazza Prampolini più famosa come Piazza Grande aveva scoperto la statua del torrente Crostolo ed attraverso i portici del Broletto era giunta fino alla piccola piazza San Prospero sede del tradizionale mercato. Si era seduta su di una panchina in Piazza Fontanesi nel salotto all'aperto della città in mezzo ad alberi verdi ed a fiori profumati, in piena estasi emozionale fra profumi e colori, bambini che urlavano rincorrendo un pallone e mamme in vena di chiacchierare. Rimase a lungo in silenzio e col fiato sospeso, sapeva che qualcosa le sarebbe arrivato, ma non sapeva cosa. Dopo circa una mezzoretta le si venne a sedere vicino una giovane cinese dallo sguardo dolce. "Buongiolno posso sedelmi vicino a te è libelo?" l'italiano educato nei modi ma sbagliato completamente nella forma grammaticale la fece sorridere.

"Certo, vieni siediti pure. Ciao mi chiamo Martina e tu?" disse porgendo garbatamente la mano alla ragazza.

"Mi chiamo Chao Ti Uan e sono cinese. Mi sono trasferita da poco a Leggio Emilia, mi sono iscritta alla laurea triennale in Scienza della Mediazione Linguistica per vivele un mondo senza confini. Ho scelto mediazione linguistica e negoziazione Internazionale per potel acquisile capacità di mediazione intelcultulale e le dinamiche intelnazionali collabolative e di conflitto. Il mondo di oggi è telleno feltile pel tutti noi giovani plofessionisti che studiamo le cultule e le lingue senza confini. In un mondo libelo..di intelagile" ridendo Martina disse: " Quindi sei venuta a Reggio Emilia o come dici tu a Leggio Emilia per imparare a fare le lingue" entrambe risero come due bambine. La cinesina aggiunse io non ho bisogno di impalale a fale le lingue sono già molto blava. Non so pronunciare correttamente la vostla elle ma per il lesto ci so fale molto bene.." Martina smise di ridere e colse al volo l'invito.

"Se vuoi venire a casa mia ti insegno a fare le lingue

ed anche a imparare come si dice erre correttamente spingendo la lingua sul palato e facendolo vibrare. Poi se hai tempo, studiamo assieme anche altre materie quali Anatomia, educazione sessuale..." entrambe risero nuovamente e Martina chiese: "Solo per essere sicura di non fare casino quanti anni hai? A voi asiatici non si riesce mai a dare un età reale" la giovane studentessa rise ed aggiunse senza problemi,
"Tlanquilla ne ho 21 a malzo 22, andiamo a casa tua, dai devo farè pipì e poi ho voglia di bacialti"
"Non perdi tempo direi, va bene Chao andiamo a casa mia, abito qui vicino. Che dici mentre andiamo verso casa compiamo banane, carote, cetrioli, zucchine al mercato? Magari qualcosa mangiamo e con qualcosa ci giochiamo che ne dici?"
"Molto bene, dai andiamo Martina, mi scappa pipì" risero e si incamminarono. La giovane studentessa era simpatica e risoluta, giovane ma maliziosa e pratica di giochi saffici. Giunte a casa l'asiatica si fece indicare dove fosse il bagno e vi corse. Tornò dopo poco completamente nuda e le chiese se le potesse cospargere di nutella (che avevano comprato) i capezzoli e di panna La patatina. Martina rimase senza fiato ed accettò di buon grado il gioco propostole. La fece sdraiare sul suo letto, dove prima aveva steso un telo pulito. La spruzzò lo spray dopo averlo prima debitamente agitato ed iniziò ad imbiancare la piccola fessura completamente depilata. "L'hai completamente senza peli, che impressione, così glabra non l'ho mai vista" esclamò

Martina fra le gambe di Chao che esclamò" Cosa significa glabla?"

"Nulla d'importante te lo spiego dopo e sparì fra le sue cosce sempre agitando la bomboletta spray che le regalava abbondanti porzioni di panna. Leccò, succhio, mangiò e deglutì con voglia e con eccitazione. La panna creava un leggero strato scivoloso che non se ne andava pur avendolo ripetutamente leccato, Martina lo sfruttò per scivolarle sopra, corpo nudo contro corpo nudo. Le si strofinò fino a trovarsi bocca contro bocca ed iniziò a baciarla con passione e con enfasi. Poi le sparò in bocca altra panna ed infine le spinse le dita nella piccola fessura. Chao gemette ed iniziò a muoversi lentamente avanti ed indietro per accogliere le sue dita dentro di lei. Martina aprì la scatola dei giochi, ne estrasse il suo fido dildo e cingendosi i fianchi la prese col suo pene di silicone che tanto soddisfava e sue amiche ed anche i suoi amici. Fece sdraiare la giovane con la schiena sul materasso, le pose le braccia sotto ai fianchi, sollevandola e tenendola in equilibrio sui suoi polsi che nel frattempo le permettevano di starle sopra senza pesarle. La alzò e la lasciò a gambe aperte di fronte e lei, con i glutei ed la vagina elevati sopra i suoi polsi. Entrò in lei con colpo deciso dopo aver indirizzato il dildo con la mano destra mentre, con l'altra, si teneva in equilibrio sopra di lei. Le entrò dentro, fino in fondo con un solo colpo. Le spinse a questo punto il peso del suo corpo in avanti e iniziò la danza d'amore. La piccola Chao gemeva e si toccava i capezzoli tirandoli e sfiorandoli con una mano mentre con l'altra si toccava delicatamente. Il clitoride arrossato sembrava esplodere mentre Martina abilissima nel gioco la prendeva con ritmo e con decisione, direi meglio di un uomo. " Ti piace tesoro," chiese la donna alla piccola asiatica " Dimmi se ti piace tanto o poco, altrimenti smetto " mentre diceva queste parole rallentò decisamente la sua spinta e la sua corsa dentro alla ragazza ciò procurò un moto di stizza in Chao che rispose" Non smettele, mi piace tantissimo, stò per venile, non ti felmale ti plego" e con le mani le spinse i glutei per farla rincominciare, cosa che lei fece con gioia e con voglia e le urla di godimento della cinesina rallegrarono la via Martorelli sede della nuova abitazione di Martina. L'indomani iniziò la nuova avventura lavorativa.

IV
La segretaria del magistrato

Martina Viscovado aveva iniziato a fare carriera forense da giovanissima. Aveva assunto la sua segretaria dopo aver selezionato la ragazza fra molte candidate. Era carina mora, con gli occhi azzurri e con un bel personale. Aveva un seno formoso che rubava gli sguardi agli avvocati della procura. Martina aveva finto di non accorgersene della bellezza della giovane. In realtà fra le molte che si erano presentate l'aveva incuriosita attratta, affascinata ma non aveva voluto chiedersi il perché. L'aveva convocata diverse volte fingendo di farle fare una regolare selezione fra le candidate fino a che quella mattina, si era accorta che aveva voglia di spingersi decisamente oltre e chiese, senza usare mezzi termini, chiese alla ragazza che cosa avrebbe fatto pur di ottenere quel lavoro. Samantha, questo il nome della ragazza, senza nessun imbarazzo, iniziò a sbottonarsi la camicia. Rimase solo col reggiseno, sempre guardandola dritto negli occhi si liberò degli stivali di pelle nera, dei jeans, che lanciò sul pavimento, abbassò gli slip rossi e li lanciò al magistrato che dalla poltrona guardandola si accarezzava lentamente le parti intime. "Balla per me Samantha, metti musica col telefonino e chiudi la porta del mio ufficio a chiave" poi si spostò girando intorno alla lunga scrivania. La ragazza aveva eseguito gli ordini e si trovava senza nessun imbarazzo al suo cospetto. Martina con mano tremolante le accarezzò il viso, le seguì i contorni con una mano, mentre con l'altra le accarezzava i glutei. Le fece allargare le gambe e infilò una mano fra le cosce della ragazza mentre l'altra scivolando sui seni aveva catturato un capezzolo e stringendolo e mandandolo su e giù l'aveva fatto gonfiare come un vulcano in piena eruzione. Le si fece più vicina ed iniziò a baciarla delicatamente sul collo, scendeva e saliva sulla pelle morbida come seta, mentre la ragazza mugolava di piacere e si carezzava. Le loro bocche si incontrarono lentamente, si sfiorarono, si nutrirono una dell'aria dell'altra, mentre le lingue danzavano e si attorcigliavano adesso con frenesia erotica. Martina le mise una mano sulla bocca e le disse con tono perentorio: "Chinati in avanti sulla mia scrivania" subito le si mise dietro. Si sedette sulla sua bella poltrona nera ed iniziò furiosamente a leccarla ovunque col piacere che saliva dai lombi, le dita cercavano spazi ove entrare e penetrarono la ragazza ripetutamente davanti e dietro. Poi il procuratore si sedette, la fece rialzare e la obbligò a farla venire con la bocca. La spinse fra le sue gambe, le spinse la testa fino a farsi prendere il suo grilletto in bocca e le ordinò di succhiare. La ragazza lo fece con gusto e con trasporto. Leccava, succhiava ed ancora leccava fino a che non sentì il caldo liquido riempirle la bocca e le labbra. Leccò ancora avidamente, succhiò goccia a goccia tutto il prezioso nettare e poi strusciandosi lungo il corpo del magistrato le si sedette a cavalcioni sopra. Le prese le dita della mano destra e se le spinse nella vagina poi le prese l'altra mano e si fece prendere sempre con due dita da dietro. Ed in quella posizione iniziò ad andare su e giù baciando e succhiando Martina che aveva ripreso a sentire ed a seguire i movimenti del suo corpo. A sua volta lei, prese le sue mani e si fece penetrare. In pochi istanti le urla delle due ragazze irruppero nell'ufficio e risvegliarono il procuratore. La segretaria si lasciò andare in braccio a Martina e ponendole la testa sul petto le disse con dolcezza. "Mio Dio che bello, sei bravissima" il procuratore la osservò con sguardo trasecolato e le disse: "Per me era la prima volta, non lo avevo mai fatto prima e così dicendo scoppiò a ridere in una risata infantile e sincera. Risero assieme e Samantha le disse: "Non lo avevi mai fatto prima? Adesso ti sei accorta di che cosa ti sei persa? Sei sempre in tempo per recuperare ogni volta che vuoi. Mi sono proprio divertita." Il magistrato leggermente piccata la fece alzare dalle sue ginocchia e le chiese con curiosità, "Ma tu lo avevi già fatto? Lo fai con tutte quelle che te la chiedono?" la segretaria rispose lentamente sempre guardandola dritta negli occhi. "No, non era la prima volta, sono poli amorosa e non mi limito mai. Se ne ho voglia scopo e se non ne ho voglia scopo lo stesso perché tanto so che poi mi piacerà. Il sesso è gioia ed io voglio vivere di gioia con gli uomini, con le donne con più uomini e con più donne se solo ci piacerà. Non ho limiti, non ho tabù, non accetto paletti e discriminazioni. Sono libera e voglio vivere sempre così" così dicendo le si risedette in braccio e la baciò con tutta la lingua. La fece scorrere lunga, larga bagnata sul suo collo, andando su e giù con la saliva che colava fuori dalla sua bocca. Arrivò con la punta della lingua fra le valli del seno e con movimento deciso si infilò in bocca un capezzolo di Martina ed iniziò a leccarlo, a succhiarlo a girargli intorno con la punta della lingua, poi con entusiasmo succhiò avidamente. Le gambe rannicchiate sul ventre del magistrato e l'altra mano stretta intorno all'altro capezzolo rimasto libero. Martina riiniziò a gemere ed allargò le gambe. Samantha nuovamente eccitata fece scorrere le sue mani fra le gambe di Martina. Poi le chiese se avesse voglia di giocare con qualcosa di più" Il procuratore annuì muovendo la testa velocemente su e giù mentre si toccava languidamente il pelo e le parti intime. Samantha camminò tutta nuda intorno alla scrivania, suo posto di lavoro e guardandola dritto negli occhi le chiese di stendere le gambe dritte sulla scrivania e di allargare le gambe mentre si masturbava, voleva guardarla. Il procuratore obbedì con voluttà e la ragazza aprì la sua borsetta e da questa fuoriuscì un sacchetto nero di pelle. Lo aprì guardando Martina che godeva sgrillettandosi con piacere e con vigoria" "Aspettami non venire, ti sto preparando una sorpresa" Aprì la bustina ed estrasse un giocattolo sessuale con una cinghia regolabile nera di pelle, nell'altra mano invece apparve un vibratore anale. Lo indossò e girando intorno al suo datore di lavoro, le chiese di alzarsi dalla poltrona. Le disse di appoggiarsi alla scrivania e di appoggiarsi all'indietro con la schiena. La guardò con intensità in viso, la bacio e poi la prese per i fianchi e le introdusse con un colpo di fianchi il pene finto. Prima solo la punta poi colpo dopo colpo sempre più dentro. Martina urlò di piacere e di soddisfazione mentre lei all'inizio piano piano, poi sempre più velocemente la penetrò. La prese con decisione. Il movimento dei fianchi delle due donne iniziò ad andare sincrono poi Samantha, senza fermarsi, fece bagnare il vibratore anale infilandolo in bocca a Martina ed ordinandogli di succhiarlo e di bagnarlo continuò a scoparsela. Lo estrasse dalla bocca e lo tenne in mano senza farne niente. Il movimento ondulatorio durò ancora qualche minuto fino a che lei senza dire nulla a Martina, glielo appoggiò da sotto sull'ano e lo spinse dentro mentre le scopava la vagina. In un solo colpo la donna venne sodomizzata e scopata, come se stessero abusando di lei due uomini. La nuova sollecitazione la fece urlare di piacere e venne immediatamente. Samantha la baciò con voglia di prenderla ancor ed ancora, le succhiò la lingua quasi a strapparmela dalla bocca e redarguendola le disse, impostando i futuri ruoli: "Tesoro tu sei la mia schiava ed io la tua padrona, non puoi fare come ti pare altrimenti poi ne paghi le conseguenze, quindi se vuoi venire, se vuoi giocare ancora devi stare alle mie regole, ai miei ordini hai capito?" Le riprese la lingua in bocca e tirò fino a farle male. Poi rincominciò a montarla come un maschio, spingendole contemporaneamente il vibratore nell'ano. Le sue gambe, i suoi glutei si chiudevano e si spingevano avanti in una danza erotica. Martina godeva e gemeva, Samantha la sodomizzava con grande vigoria e la scopava senza perdere un colpo. La faceva sua senza fretta, la penetrava e la sodomizzava con gioia ma senza fretta. Il piacere durava per entrambe ed al culmine del piacere disse a Martina: "Quando stai per venire mi devi chiedere il permesso perché se non voglio tu non vieni va bene, hai capito bene?" e invece che scoparla iniziò a prenderla da dietro con le mani con forza e con violenza. Martina a gambe aperte rispose con un filo di voce: "Si padrona certamente, ti chiedo il permesso, grazie. Ti prego continua a scoparmi ovunque, mi piaceva da morire" Samantha rise e la fece sua nuovamente e nuovamente e nuovamente. L'estasi dell'atto d'amore si ripetè diverse volte fino a che le due donne finalmente sazie terminarono quello strano gioco. Samantha si rivestì e risedendosi al suo posto accavallò le gambe ed aspettò che Martina parlasse. Il silenzio era prego di umori femminili. Il procuratore si alzò spalancò la finestra e disse: "bene la chiamerò nei prossimi giorni per dirle se il lavoro è suo, per adesso la ringrazio di essere venuta" la congedò accompagnandola alla porta e poi la rinchiuse dietro di sé, sul viso della ragazza che la osservava fra lo sconcertato ed il sorpreso.

V

Martina conosce il nuovo Giudice

Il lavoro in procura a tratti isterico a tratti blando, segnava spazi privati inspiegabili. Martina aveva scoperto a Reggio Emilia le gioie del corpo e della vita senza tabù lei che arrivava dalla lontana Austria. Rigida e moralista. Di famiglia italiana emigrata Martina credeva che il lavoro l'avrebbe ripagata delle lunghe ore trascorse sui libri ma arrivata in Emilia Romagna si era resa conto che in questa regione oltre alle sue indubbie bellezze storiche ed architettoniche oltre agli assaggi delle meravigliose specialità gastronomiche aveva completa libertà sessuale. Poteva disporre liberamente del proprio corpo per soddisfare i piaceri sessuali ed aveva trovato tanti partner di ogni età, sesso e religione che senza domandarle nulla le avevano offerto il loro mondo. Il nuovo Giudice il Dott.re Nicola Saltimbocca l'aveva convocata in ufficio e senza nessuna esitazione le aveva chiesto di venirgli più vicino perché lo studio era troppo grosso e dispersivo, aveva aggiunto ridendo che non era l'unica cosa di grosso che c'era nella stanza e lei candidamente e volutamente e aveva risposto: "Cosa c'è di grosso Vostro onore oltre al vostro bellissimo ufficio" accogliendo al gioco erotico del professionista. "Vieni a vedere cara, guarda pure e mettici anche bocca e mani per ora" Martina aveva aderito all'invito senza ritrosie o forse solo per la curiosità di scoprire cosa ci fosse sotto alla toga. Alzò il lembo e velocemente mise mano alla cerniera, estrasse il membro che era molto grosso e turgido e con golosità lo prese in bocca ed iniziò a muovere la testa su e giù come se fosse il suo normale campo d'azione. La bocca sapientemente aperta e la lingua assieme a lei lavoravano sulla punta e sul corpo del pene. Le sapienti mani stringevano la base ed accarezzavano i genitali con gentilezza e con gesti gentili mentre la bocca e la lingua donavano sapientemente l'estasi al giudice. I lamenti dell'uomo giunsero come un fiume assieme al suo godere e venne arginato dalla lingua e dalla bocca vogliosa della donna che sembrava non averne mai abbastanza. Poi l'uomo le porse dei fazzolettini e l'aiutò a rialzarsi. Le infilò le mani nella camicetta e sbottonandola le succhiò avidamente i seni accarezzandole il petto. Vennero interrotti dal discreto bussare alla porta della segretaria che chiese se poteva entrare. Il Giudice Nicola le disse: "Di non entrare che sarebbe stato occupato ancora per un'oretta di chiamare il dottor Massimo Girovago con una certa urgenza" dopo pochi minuti la porta venne spalancata. Entrò un giovane avvocato abbronzato e con i muscoli guizzanti sotto alla camicia azzurra, perfettamente stirata. Nell'ufficio le posizioni erano state riprese ed il Giudice svettava da dietro alla scrivania mentre Martina era seduta con la gamba accavallata e con la gonna decisamente tirata giù a coprire il ginocchio. Sembrava un'educanda. L'avvocato passando le tirò su il lembo della gonna scoprendole la coscia fino all'inguine, guardandola dritta negli occhi come se tutto fosse già chiaro nella mente del professionista. Il giudice rise e senza attendere oltre si alzò dalla scrivania e venne incontro alla donna che presto fu oggetto delle loro voglie. Massimo le aprì la camicetta un bottone alla volta mentre il giudice si era nuovamente sbottonato e le aveva offerto delicatamente il suo pene. La donna aprì la bocca e lo accolse con voglia e con bramosia. Mentre lo leccava e lo succhiava il giovane avvocato si era inginocchiato di fronte a lei e liberatola degli slip stava leccandola sapientemente, lentamente senza fretta mentre una mano aveva liberato il suo pisello e se lo accarezzava con movimento lenti ed ampi. Il giudice gradiva il trattamento ed iniziò a gemere e fu allora che il giovane avvocato si alzò, lo spinse decisamente in avanti facendolo cadere sulla poltrona dove la donna era seduta. Si appoggiò con entrambe le mani sul bordo della poltroncina per non cadere. Martina si fermò guardandoli allibita, tenendo il membro sempre in bocca. Lui le ordinò di continuare mentre Massimo dietro di lui l'aveva sbottonato, gli aveva abbassato i pantaloni e lo stava prendendo da dietro con decisione e con ritmo. Il giudice emetteva dei leggeri lamenti mentre la donna eccitata dallo spettacolo aveva rincominciato a praticargli la fellatio con una certa enfasi. Massimo adesso lo stava pompando con forza e con intensità. Il rumore dei testicoli che sbattevano rimbombava nello studio. Martina nel frattempo aveva iniziato a masturbarsi infilandosi le dita dentro fin dove riusciva ad entrare per poi fuoriuscire e accarezzarsi i peli che si bagnavano sempre più dei suoi caldi umori. Ogni colpo che il giovane dava al giudice veniva accompagnato da uno sonoro schiaffone sul gluteo che creava un doloroso godimento accompagnato da un gemito adesso più forte. La corsa terminò con Massimo che costrinse il giudice a girarsi dopo averlo riempito del suo caldo seme e si fece praticare una fellatio in cui ogni goccia fu avidamente succhiata e ripulita. Poi in ginocchio di fronte al suo giovane amante il giudice disse che ne dice adesso Massimo, pensiamo a lei? Risero e con ritrovata bramosia sessuale la obbligarono ad alzarsi dalla sedia e la fecero appoggiare a gambe larghe appoggiandosi con le mani al bordo del tavolo. Il giudice prese la sua poltrona e gli si mise davanti, sedendosi a gambe aperte sulla stessa. Iniziò a leccarla avidamente mentre da dietro il giovane la prese senza tante parole. Le aprì la vagina con le dita e vi inserì la cappella. Un gesto deciso, a cui seguì un repentino movimento di bacino e la donna iniziò a gemere. Il pene enorme, duro e prepotente apriva le sue carni e le procurava un piacere profondo mentre il giudice la leccava sul clitoride obbligandola a piccoli scatti di eccitazione. Stavolta il giovane venne quasi subito e si spostò lasciando il posto al giudice che con decisione entrò nella vagina fradicia e la riempì a sua volta del suo caldo seme. Si accasciò sulla schiena della donna per qualche istante poi, si rialzò e le ordinò di leccarlo per bene. Lei eseguì velocemente il comando mentre Massimo seduto sulla poltrona che era ancora bagnata degli umori della donna, si stava masturbando con decisione. Lo teneva stretto fra le sue cinque dita e con tono perentorio ordinò ad entrambi di leccarglielo. Così fecero, inginocchiandosi ai suoi piedi sia la donna che il giudice, leccarono avidamente il suo pene che cresceva a dismisura. Poi l'uomo ordinò al giudice di girarsi e di sedersi su di lui mentre disse alla donna di leccargli le dita delle mani. Di mettersele in bocca lentamente ad una ad una di estrarle e, poi, di reinfilarsele in bocca spompinandole leggermente. Rivolgendosi all'uomo ordinò:" Vai su e giù lentamente e prenditelo fino in fondo. Muoviti piano e fammi godere"… Le urla di piacere si alzarono alte nel cielo e la pace che ne seguì fu guadagnata.

VI

L'addetta alla security ed il garzone del bar

Quella mattina Martina sentiva di aver bisogno di sesso, camminando stringeva le cosce ed i muscoli pelvici per procurarsi piacere ed il percorso che la separava dal suo studio la preparò al suo piacere. Entrò fradicia nelle parti intime e col viso arrossato dal godimento trattenuto, pose la sua ventiquattrore sul nastro di controllo della sorveglianza e fu allora che scorse la nuova addetta alla security. Volto mascolino con tratti marcati ma occhi verdi delicati ed un sorriso timidamente abbozzato. I capelli tagliati a rasoio facevano capire che la donna volesse amore dalle donne o perlomeno poteva sembrarlo. Martina si eccitò al pensiero, le rivolse uno sguardo interessato oltreché al solito buongiorno lanciato più che per abitudine che per vero piacere. La divisa della società di sorveglianza accessi era di un bel blù scuro, la camicetta era abbastanza abbottonata ma lasciava comunque intravedere un bel seno gonfio e turgido. I pantaloni attillati mostravano un bel corpo giovanile ed atletico. Le chiese con interesse: "Sei nuova? Non ti ho mai vista, sono certa che mi sarei ricordata di te.." l 'addetta alla security alzò gli occhi dal monitor nel quale stava controllando il contenuto delle borse che passavano. "Buongiorno Vostro onore, si oggi è il mio primo giorno di lavoro." Si accese rispondendole e si accesero anche i suoi occhi colore del mare ma fu solo un attimo. Tacque aspettando. Martina la osservò soppesando ogni parte del suo corpo, senza nessuna vergogna, mostrandole cosa volesse da lei. "Come ti chiami? Di dove sei?" poi le sfiorò volutamente la mano che nel frattempo le aveva porto indietro la sua borsa."Ti hanno già mostrato la sala delle registrazioni? Me la mostreresti? Muoio dalla voglia di conoscerla, perquisirla, spogliarla" la donna spalancò gli occhi, li strabuzzò e ridendo con complice adesione le rispose: "Allora mi chiamo Celeste, vengo da Velletri e se mi concede qualche minuto le mostrerò con piacere tutto quello che vuole, chiedo solo di essere sostituita dal mio collega e sono subito da lei" confabulò con fare misterioso con l'uomo che copriva il turno assieme a lei. Li vide sorridere e poi la donna tornò con i suoi stivali neri ben lucidati e con i pantaloni infilati dentro agli stessi. La targhetta nuova appesa al taschino mostrava la foto di una giovane virago. Dopo di lei dottoressa, prego e le cedette il passo. Poi indicando con la mano un corridoio le disse: "Mi permetto di farle strada, venga" le camminava vicino con passo deciso ma a testa bassa. Martina le chiese incuriosita: "Come mai tieni la testa bassa, hai paura di qualcosa?" "Io non ho paura di nulla, ci mancherebbe" e sorrise dicendolo poi proseguì:" E' soltanto che sei molto bella e non voglio guardarti in pubblico. Si capirebbe subito che mi piaci da morire. Prima quando mi hai sfiorato la mano pensavo che avrei urlato e mentre mi ispezionavi il corpo col tuo sguardo, mi sarei voluta denudare lì seduta stante per essere guardata da te nuda, senza barriere, senza protezioni ma non potevo e ciò mi piaceva un sacco e mi faceva desiderare di poterti conoscere ma tu, hai fatto tutto ciò che desideravo con la più totale naturalezza e disinvoltura, sei speciale" il procuratore sorrise maliziosamente e abbassando la voce: Vedrai come ti leccherò tutta, sarai presto bagnata dalla mia saliva ovunque e quando mi gemerai in bocca non mi fermerò... " si interruppe un solo secondo e poi sempre più eccitata le chiese se avesse portato la pistola "Hai la pistola d'ordinanza? Mio Dio che voglia di leccarla tutta....il corridoio sembrava non finire mai." Celeste le disse: "Certo che ce l'ho la pistola mia piccola cerbiatta, vedremo se la tirerò fuori, se mi farai godere come prometti, semi lascerai fare tutto quello che voglio, allora vedrai che ci divertiremo... aumentarono il passo, Celeste strisciò il badge per far aprire la porta. Lo strisciò e con deferenza inchinandosi "Vostro onore se vuole venire.." volutamente aveva usato quel verbo. Martina le sorrise maliziosamente e le rispose: Certo che voglio venire con molto piacere" Passata la donna L'addetta alla security la spinse delicatamente contro il muro e senza indugiò le si appoggiò contro. La parete fece loro da materasso. Le due donne ansimavano baciandosi e toccandosi liberamente. Le mani di entrambe correvano in posti diversi. Martina le aprì la camicetta mentre Celeste le leccava il collo e le succhiava il lobo dell'orecchio. La sua lingua entrava ovunque e leccava mai sazia del nuovo corpo da scoprire. Martina la guardò negli occhi ed esclamò" Che belle tette hai e subito dopo se le mise in bocca tutte, fin dove ci stavano. L'altra mano accarezzava e strizzava il capezzolo che era già turgido ed eretto verso il cielo. Poi si inginocchiò di fronte a lei e la sbottonò, le abbassò i pantaloni e le accarezzò le gambe turgide e ben tornite" Fai sport?" le chiese mentre le sue mani liberavano la fumante natura e la accolse nella sua mano e subito dopo nella sua bocca. Celeste non rispose, le pose la mano sulla nuca e la seguì su e giù indietro ed avanti per il suo piacere. L'addetta alla security era visibilmente eccitata e stava per venire ma Martina le chiese di aspettare un attimo. Entrò in lei con gesto deciso e profondo, le entrò, e rimase per qualche secondo a fissarla negli occhi, con le mani fra le sue gambe mentre Celeste discinta era completamente alla sua mercé. Poi iniziò a muovere le dita della sua mano su e giù, le allargava e le stringeva, ed il suo pube spingeva contro quello di Celeste che venne come un fiume in piena. Raggiunse l'orgasmo e Martina non smise di pomparla, le fermò la mano ed esclamò adesso basta, tocca a me giocare." La baciò con passione, le visitò ogni angolo della bocca con la lingua che lentamente le faceva l'amore. Le mani presero ciò che incontravano in ordine sparso e Martina non se ne accorse ma un vibratore era apparso nelle sue mani, lo aveva indossato a tempo di record e dopo averla fatta sedere sulla scrivania di fronte a lei la spinse delicatamente indietro ed accompagnandola con le braccia per non farle fare male, le fu sopra ed immediatamente dentro. Le prese la vagina con un colpo lento ma che la portò fino in fondo dentro di lei. Martina gemette e l'addetta alla security eccitata dal gemito cominciò a montarla con ritmo regolare e sempre più velocemente la portò a godere. Vennero insieme perché mentre saliva il piacere di una saliva anche il piacere dell'altra. Si accasciò su di lei per qualche secondo, poi estrasse il giocattolo erotico fradicio e bagnato di umori femminili la ripose immediatamente nella scatola dentro al suo armadietto. Martina si ricompose e le chiese se ci fosse un bagno Conviene che usciamo di qua, fra poco cambia il turno, vieni ti porto fuori e cerchiamo i bagni più vicini, ne ho bisogno anch'io non posso riprendere servizio in questo stato" entrambe risero e con complice gioia si regalarono un bacio a stampo prima di tornare al loro lavoro. "Martina le disse ci vediamo, vado nel bagno del mio ufficio" e sparì prima che Celeste potesse risponderle. Camminava allegra per i corridoi del palazzo "L'inizio giornata promette bene", pensò e sorridendo entrò nel suo studio e si regalò gocce d'acqua sul viso che le raffreddarono i bollenti spiriti, poi si lavò velocemente e con ritrovata pace sedette alla sua scrivania ed iniziò a leggere un decreto che era da poco stato promulgato. Si immerse nella lettura e non sentì il primo battito discreto alla porta. Al primo non sentito ne seguì un altro più deciso. Alzò gli occhi dai fogli e rispose:" Avanti, non c'è la segretaria?" la porta si aprì lentamente mise la testa dentro un ragazzetto sui vent'anni scuro di capelli con occhi neri ed un curioso baffetto che gli incorniciava il viso acerbo. "Buongiorno cosa cerca? Non c'è la mia segretaria all'ingresso?" ripeté leggermente contrariata la donna.

"Buongiorno eccellenza, no non c'è nessuno. Io ho ricevuto l'ordine di portarle la colazione con una rosa rossa e di farle il baciamano augurandole tanta serenità. Se me lo permettete signoria vostra eseguo ciò che mi è stato comandato" la donna lo guardò con nuovo interesse e le chiese: Quanti anni hai sei maggiorenne? Esegui tutto ciò che ti viene ordinato senza fiatare? "Il giovanotto rispose tronfio: "Certo che sono maggiorenne di anni ne ho ventitré per servirla Eccellenza, mi chiamo Rosario, eseguo tutto ciò che mi si chiede e chi mi ha provato mi ha sempre riprovato" i suoi occhi neri come la pece le scrutavano il viso con attenzione. Le guance di Martina si erano arrossate perché lei già stava pregustando il piacere di ciò che avrebbe ottenuto dal ragazzino. "Vieni qui, inginocchiati davanti a me e fammi sognare senza metterci le mani però solamente con la lingua. Spostò il bacino avanti e le porse il suo grembo. Levami gli slip ma non la gonna, quella sollevamela e basta. Dai muoviti che ho voglia di godere. Il ragazzo obbedì senza proferire parola eseguì ciò che le era stato ordinato e scoprì doti di abile linguista. Le grandi labbra vennero allargate dalla sua enorme lingua che a tratti indurita ed a tratti lasciata libera svolgeva una funzione perfetta per ciò che era il suo ruolo in quel momento. Il clitoride venne avidamente succhiato, la lingua entrava leccando come una forsennata, cercava di penetrare, le labbra succhiavano e bevevano mai sazie. Il ragazzino si accarezzò il pene da sopra al pantalone poi con gentilezza chiese se si poteva slacciare e se lo poteva tirare fuori perché gli faceva un po' male chiuso negli slip stretti che facevano fatica a contenerlo. Lei acconsentì e sempre leccando con foga si accarezzò all'iniziò piano poi sempre più forte fino a godere senza freni. Si girò, senza smettere di leccare la donna, prese dal vassoio i fazzolettini profumati di carta colorata del bar e ci si pulì alla bell'e meglio senza smettere di leccare. La donna venne subito dopo lui con un mugolio di piacere che risvegliò in lui nuove voglie ma se ne guardò bene dal dire o dal fare cose sbagliate. La donna si rassettò i capelli e con fare gentile gli disse: "Grazie caro, puoi andare. Sei stato bravo: Domani torna ancora che la colazione con te ha un sapore decisamente più gradito." Poi gli disse di chiudere la porta quando usciva e si rimise a leggere i suoi fogli mentre l'odore di cappuccino e brioches copriva l'odore dei loro corpi eccitati. La giornata proseguì senza nuovi incontri ma a sera dopo le venti Martina alzò gli occhi dagli innumerevoli verbali che aveva letto e sentì che aveva una punta di fame e non solo di mangiare. Pensò con eccitazione alla mattinata intrigante che aveva passato e pensò che si era meritata anche una serata uguale.

VII

Celeste ed il viandante eccitato

Aveva voglia di sesso ma non sapeva dove cercarlo. Fuori dal suo ufficio non aveva ancora avuto tante occasioni di andare, dopo Chao Ti Uan. Le venne in mente che probabilmente Celeste conosceva qualche locale alternativo. Pensò che probabilmente però il turno della donna era finito e lei non ci sarebbe più stata, si intristì ma poi facendo spallucce decise di uscire e di andare a zonzo. Fu allora che all'uscita dal Palazzo di Giustizia vide Celeste che seduta sopra ad una lucente moto la stava aspettando. "Ma sei stata qui ad aspettarmi da stamattina?" le chiese con meraviglia e in fondo pure con gioia.

"Certo, non potevo permettermi di disturbarti nel tuo studio ma avevo piacere di rivederti, di parlarti, di conoscerti e di lasciarti, se ti andasse anche il mio numero di telefono. Poi se ti facesse piacere ti porterei anche a fare un giro in moto e poi.. vedremo… che ne dici? Mi sono trasferita da poco da Brescia e non conosco la zona, la scopriamo assieme?" Martina prese il casco che la donna le porse e si accomodò sul sellino della rombante Yamaha Vulcan 88 cc. Grigio scuro satinato, con le cromature che brillavano come stelle. Un vero gioiello. Celeste diede gas, tirò la frizione, spinse col piede sinistro la marcia e rilasciò la frizione dando gas contemporaneamente. La grossa motocicletta docile rombò e si mosse. Immediatamente Martina le cinse la vita e si abbandonò su di lei alla piacevole gita. La testa protetta dal casco appoggiata alla schiena della guidatrice. Dopo qualche chilometro di curve e colline il buio della sera le accolse e le fece loro. Martina rendendosi conto di poter osare, mise le mani entrando da sotto al giubbetto di Celeste e le passò le mani sulla schiena accarezzandola, poi si spinse avanti contro di lei col suo pube e le tirò i capezzoli arrivando di lato. Celeste decelerò e fin quasi a fermarsi e Martina le chiese di farlo. Si fermarono sotto alle fronde di un enorme albero. Celeste la baciò con enfasi toccandola ovunque e levandole la camicia da dentro alla gonna che lei per salire sulla moto aveva alzato fino all'inguine. "Ti voglio adesso ansimò l'addetta alla security. La aiutò a scendere, poi mise la moto sul cavalletto centrale e dopo aver controllato che fosse ben stabile fece salire Martina sul sellino al contrario del senso di marcia poi le disse di appoggiare i piedi sulle pedivelle di guida e le chiese di alzarsi spingendosi con i glutei fin sul serbatoio, poi una volta che la donna raggiunse quella posizione, salì anche lei in moto rivolta verso la moto e verso le sue parti intime. Le fece alzare le gambe sul manubrio ed in quella posizione completamente aperta al suo piacere iniziò a leccarla avidamente, ma non si fermò, puntò i piedi anche lei sulle pedivelle, col vibratore nella mano destra la prese così com'era tutta aperta al suo piacere. Lo bagnò prima con la sua saliva, se lo fece scivolare in bocca dentro e fuori per un paio di volte poi con gesto deciso prese la donna che a gambe aperte, in posizione ginecologica aspettava la sua venuta. La moto oscillava pericolosamente durante le effusioni amorose delle due donne. I colpi che Celeste le dava spingendole forte fino in fondo il vibratore, la facevano urlare di piacere e di godimento. Tanto che nessuna delle due si accorse del vecchietto che in disparte dietro all'albero le stava osservando. Martina venne due, tre, quattro volte di seguito e Celeste anche. Godeva più lentamente ma ad ogni godimento ripartiva con più enfasi nel prendere Martina. Stavolta la sua meta era l'ano, le chiese di spingersi in fuori con il bacino ed il serbatoio la sostenne mentre lei si offrì all'amante senza pudore. Celeste entrò assieme all'urlo di piacere di Martina ed iniziò a "stantufarla" con una vigoria immensa, si vedeva che le piaceva tanto e tanto piaceva anche a Martina. Le due donne urlavano di piacere mentre la notte avanzava con la buia coltre. All'improvviso il viandante che era stato in disparte con la sua spada sguainata disse: "Ragazze mi spegnete questa voglia che mi uccide?" Martina ridendo urlò" Nonnetto vieni spegni la tua voglia in me" Celeste sorridendo scese dalla moto e fece posto al nuovo amante. Martina pose la pancia sul sellino ed a gambe aperte si offrì all'uomo. Il quale senza tanti preamboli, indossò il preservativo e glielo schiaffò nella vagina e con decisione la pompò. Colpi decisi, pieni e in pochi secondi venne urlando come un pazzo e Martina eccitata dalla situazione lo seguì urlando a sua volta. L'uomo si girò, si chiuse la patta ed esclamò "Grazie ragazze, ottimo, erano anni che non godevo così, grazie. Vi saluto" riposto il suo pene adesso tranquillo nei pantaloni, sparì nel buio della notte. Le due ragazze risero e ripartirono col rombante motore verso nuove avventure.

VIII

La discoteca "Big Mama" e la notte libera

Si ritrovarono dopo una curva ed una risata nell'auricolare dei caschi in un parcheggio particolarmente frequentato da giovani, donne e macchine con stereo a palla. Si fermarono ovviamente e lasciata la moto entrarono nel locale. Delle canoe di legno le accolsero e una specie di cascata di acque piovane riciclate scorreva con uno scroscio intenso. Pagarono il biglietto d'accesso che diede loro un bel timbro sulla mano per poter accedere al locale ed ad una consumazione al bar. Martina era super eccitata, Celeste leggermente più indietro di qualche passo osservava l'amica che salutava e stringeva mani e dispensava sorrisi. La vide fermarsi sotto ad un giovane dalla pelle ambrata che penzolava a testa all'ingiù appoggiato ad una trapezio appeso in alto sul soffitto. Ogni rampa di scale mostrava giovani donne e giovani uomini mezzi nudi che penzolavano dal soffitto ammiccando e salutando gli accessi della massa di clienti della discoteca. Celeste non si stupì nemmeno troppo quando vide che un giovane particolarmente muscoloso e ben proporzionato si calò giù dal trapezio e scoprendosi il pene con una mano, con l'altra si teneva attaccato alla sbarra restando appeso a non meno di tre metri da terra. Le gambe stese, muscolose ben definite. Gli addominali guizzavano sollecitati dall'estensione muscolare. Martina abbandonò il biondo atletico con cui stava flirtando ed appoggiato il calice di Chardonnay che le era stato offerto nei pochi passi che aveva percorso all'interno del locale, accolse nella sua bocca il pene così generosamente offerto dall'anchorman del locale. Se lo mise in bocca tutto ed inizio a succhiarlo come fosse un enorme caramella. Mentre succhiava guardava negli occhi il ragazzo che si gonfiava a vista d'occhio in quella parte, che già non le stava più tutto in bocca. Leccava e succhiava, accarezzava ed ancora leccava. Intorno a lei si era fermato un roccoletto di giovani che sollecitati dalla vista della fellatio iniziarono a toccarsi gli uni con gli altri, le altre con le altre, uomini con uomini, donne con donne, donne con più uomini, con più donne uomini con più uomini ed ancora ragazzi e ragazze limonavano furiosamente senza nemmeno essersi mai nemmeno salutati. Sollecitati dalla scena di libertà sessuale si creò un'orgia composta da decine di giovani. Martina lasciò il pene del povero cubista appeso come un salame al trapezio e si lanciò in un'enorme baccanale di tutti contro tutti. Si sentì penetrata, accarezzata, limonata, succhiata, carezzata, sodomizzata ed ancora limonata mentre toccava un pene subito seguito da una vagina infiammata e bagnata al punto giusto. Celeste rimase stupita per il caos sessuale che la sua amica era riuscita a creare in pochi attimi ma fu solo un momento, per nulla impaurita si buttò in mezzo a cinque donne oramai mezze nude che si stavano penetrando in un trenino di vibratori e di urla selvagge. Lei scelse bene dove iniziare il suo trenino ed armata del suo fido vibratore che portava sempre con sé, lo indossò e scelse la sua prima conquista. Si attaccò al trenino gemente subito dietro ad una bella mora formosa e con due seni turgidi. Le chiappe sode accolsero le sue mani e la sua lingua vogliosa dopo di chè entrò nella vagina dell'estranea che ammiccò offrendole il suo corpo scodinzolando pochi attimi prima che lei decidesse di farla sua. La stessa morettina che rispondeva al nome di Marika mugolava e si dimenava con movimenti di bacino mentre leccava sapientemente la schiena ed il fondoschiena di una biondina magra ma con un gran seno, la quale si girò e mostrò uno splendido pene in erezione. Un trans con dei grossi attributi si girò e succhiando Marika interruppe il trenino e chiese alle due donne di appartarsi con lui. Celeste rimase decisamente spiazzata ma non volle ritirarsi, Marika pregustando il doppio piacere acconsentì e si appartò con l'uomo e con la donna. La quale eccitata dalla situazione iniziò a baciarla con foga ed ad accarezzarle le parti intime nella speranza di poter riprendere velocemente quello che stavano facendo prima dell'imprevisto stop. Il transessuale rispondeva al nome di Lulu' e chiese a Marika di prenderglielo in bocca mentre Celeste le succhiava i capezzoli. Poi da dietro alla schiena di celeste decise di toccarla nelle parti intime da dietro. La ragazza si ritrasse mentre Marika le strizzava le tette e le prendeva la vagina fradicia con un vibratore vibrante. Fu un attimo, i giochi si cambiarono ed il transessuale fu subito dietro di lei e senza aspettare o chiedere la sodomizzò con un pene non enorme ma decisamente duro. Marika la scopava dal davanti mentre Lulù la sbatteva da dietro e le tette del trans sbattevano sulla schiena di Celeste che presa dal vortice erotico urlò alla notte il suo piacere e si ributtò nella mischia stavolta mettendosi lei dietro a Lulù. Il suo dildo era ben lubrificato e la ragazza con gioia immensa prese con un colpo deciso il transessuale che nel frattempo si stava scopando Marika dal dietro. Un trenino che gemeva e godeva, Lulù venne per primo. Urlò dentro a Marika ed uscendo si levò il preservativo pieno di caldi umori e lo mise in bocca alla donna che si chinò e lo accolse con amore. Nel frattempo Martina aveva succhiato, leccato, pompato, ed ancora era stata presa, succhiata, sodomizzata e ribaciata con enfasi e con distacco, con meccanica voglia di perdizione e con gesti ripetuti alla luna. Dopo l'ennesima pomiciata e il cunnilingus più lungo della storia si ricordò di avere un'amica con cui era arrivata al locale e cercò Celeste. Spostò per passare corpi nudi ed ubriachi, mezzi addormentati vinti dagli effluvi dell'alcool e del sesso e si ritrovò dopo qualche attimo di umana mercificazione all'ingresso dove aveva incontrato per la prima volta il trapezista che scoprì dopo rispondeva al nome di Shalim. Aveva la camicetta leggermente strappata di lato, segni di rossetto sul collo ed all'altezza dei capezzoli, la camicia bianca era rossa dalle mille gradazioni di rossetto e così il suo viso. Intravide Celeste che si stava limonando con Lulù e si mise seduta ad aspettare che finissero. Celeste quando la vide si fermò e sorridendole le porse la mano. Si baciarono stringendosi forte l'una all'altra; "Come va, ti sei divertita? Hai fatto venir fuori un'orgia con almeno una ventina di persone sei unica" esclamò Celeste ridendo e Martina a sua volta vogliosa le chiese: Ti ho vista con un transessuale com'è l'hai scopato o ti sei fatta scopare?

"Entrambe le cose in verità, lui mi ha presa ed io ho poi sodomizzato lui. Il mio fido dildo che mi segue ovunque mi ha dato grandi soddisfazioni anche stasera. Martina udendo queste parole si riaccese e le chiese di farlo nel bagno, una cosa che non aveva mai fatto ma che da sempre l'attizzava. Si presero per mano ridendo e si avviarono verso il bagno delle donne. Mentre passavano Martina venne chiamata a gran voce da un giovane avvocato. Onorevole ma cosa fa qui? Stupidamente esclamò questa cavolata e subito si pentì di averlo detto. Lei si girò e con sangue freddo rispose:" Credo tu mi stia scambiando per qualcun'altra comunque sono venuta a divertirmi come te: Ciao fratello buona serata e ricorda sempre di usare precauzioni e non dimenticare mai la sicurezza. Non bere e vai piano poi, ridendo si girò e seguita da Celeste che rideva sonoramente si indirizzarono verso i bagni. Trovarono una coda lunga e lenta di vesciche piene. Martina iniziò a succhiare il lobo di Celeste mentre le sue mani entrate nei suoi pantaloni le accarezzavano i peli del pube. Martina rideva e si lasciva fare. Poi Martina venne colta da un pensiero e sussurrò all'orecchio della ragazza un pensiero che le era venuto. "Celeste la guardò e le chiese ad alta voce:" Ma dici davvero? Ma sei sicura? Ma che schifo Cele" due uomini che si stavano baciando furiosamente nella fila vicino alla loro si fermarono ed il più piccolo le disse: Cosa vorrai mai che ti abbia chiesto? Vuole provare a fare pissing. Pisciale addosso, in bocca o dove vuole lei e vedrai che la pioggia gialla piacerà ad entrambe e poi male che vada vi fate una bella doccia e tutto passa. Detto ciò si girò nuovamente verso il suo partner e si disinteressò delle due ragazze. Celeste era rimasta a bocca aperta. Quella sera stava facendo cose che non aveva mai nemmeno immaginato di poter pensare e la cosa le sembrava la più naturale del mondo." Le rispose con voglia chi lo fa a chi e dove vuoi che lo facciamo?" Martina sorrise, le si strusciò addosso e poi decise: "Pisciami addosso, in bocca, sul viso, sulle tette voglio essere inondata di te. La tua urina calda sono certa mi farà volare" Celeste era eccitata e sconvolta e quando fu il loro turno la fece mettere sdraiata per terra e a gambe larghe le passò sopra lentamente liberando lentamente il suo caldo liquido. Martina venne accolta dallo scroscio e lo bevve senza limiti. Spalancò la bocca si bagnò con l'urina se la spinse fra le gambe, se la mise ovunque e poi gemendo si masturbò ed in men che non si dica venne contorcendosi per terra nel bagno delle donne della discoteca. Celeste si sentì perversa perché a sua volta si sgrillettò e vennero in pochi attimi. Cercò di aiutare l'amica ad asciugarsi con la carta igienica dapprima poi, le passò l'acqua del lavandino sul corpo tenendo le mani a coca per raccogliere l'acqua. Piano piano il bagno venne allagato di urina e di acqua. Le due ragazze risero ed uscirono dal bagno lasciando dietro di loro una devastazione. Martina era tutta bagnata, persino i capelli erano fradicia ed emanavo un odore intendo di urina e di alcool. Celeste le chiese se era d'accordo di andarsene e di recarsi a casa sua. La donna le disse di sì con la testa e le chiese se le concedesse anche una doccia prima di riiniziare a giocare"

"Come giocare ancora ma non sei mai sazia? No, mi piace un sacco scopare e tu sei una bella partner con cui divertirmi. Altre voglie me le sono già levate stasera con altri, adesso sono pronta per te." L'addetta alla security diede gas alla motociclista per arrivare in breve tempo a casa sua. La strada venne percorsa in pochissimo tempo e le due donne ora correvano mano nella mano sulle scale di casa. Abitava al secondo piano di una anonima casa dell'hinterland. Entrarono facendo ben attenzione a non fare rumore per le scale, come chiesto da Celeste e rispettato da Martina. Una volta nella casa, completamente occupata da scatoloni da aprire, si liberò dei vestiti che olezzavano d'urina di

sudore e di umori maschili e femminili e si buttò sotto
al getto caldo della doccia non prima di aver chiesto a
Celeste di seguirla, facendo come se fosse casa sua.
Chiese lo shampoo, il balsamo, il bagnoschiuma ed
una volta ottenuto il tutto si cosparse il corpo di fluidi
profumati. Spinse Celeste nell'angolo del box doccia
ed armata di doccino iniziò a dimostrarle come le cose
del vivere quotidiano se sapientemente utilizzate, possano diventare potenti giocattoli sessuali. Indirizzò il
getto caldo del doccino sul clitoride scoperto,
dell'amica. Le due dita tiravano le piccole labbra
all'insù scoprendole il grilletto che arrossato ed in
quella posizione sembrava un impiccato a cui manca
l'aria. Il primo getto caldo sapientemente indirizzato
da Martina rubò un gemito a Celeste ed un brivido le
percorse la schiena, il secondo ed il terzo le piacquero
tanto che iniziò a toccarsi cercando il corpo dell'amica
la quale, non si fece aspettare. La spinse giù spingen-
dola dalle spalle e si fece leccare i piedi e le caviglie
bagnate miste fra acqua e bagno schiuma. Celeste sputò il suo disgusto e lei le chiese di continuare se alla fine della doccia se la voleva scopare. Celeste impazzi-
va all'idea di reindossare il suo amato vibratore e di
poter penetrare la calda Martina. "Va bene, ti voglio
subito quindi farò come vuoi ma muoviti a lavarti, ti
voglio" e rincominciò come una gattina obbediente e
leccarle i piedi e le caviglie come richiestole dall'amica vogliosa. La doccia le sembrò interminabile ma
quando la donna finalmente le chiese un asciugamano

le porse velocemente un accappatoio azzurro larghissi-
mo che la avvolse tutta poi la sollevò da terra e fra le
sue braccia allenate da sane sedute di palestra, la portò
sul letto e lì, la spogliò, la girò e facendola mettere a
pecora scese dal letto ed iniziò a possederla. La vagina
era larga, bagnata, accogliente e lei non resistette. I
colpi che dava all'amica in verità riflettevano i colpi a
lei e quindi sconvolta si accorse che stava venendo e
ancora col dildo indossato si accasciò sul letto. Martina si girò e per nulla contenta le disse: "Ma scusa ed
io? Ma si fa così? Mi lasci a bocca asciutta?"
"Celeste si rialzò sul letto e le disse: "Fammi fumare
una sigaretta e poi ti faccio vedere io cosa ti combino.
Si alzò dal letto sempre indossando il suo dildo e riap-
parse con tre bicchierini da vodka lunghi, stretti e
ghiacciati. Mise il liquore nei due bicchierini e col terzo fra le mani baciò la sua amica. "Cosa fai col quel
bicchiere gelato?" chiese Martina incuriosita.
"Sei sempre la solita curiosa due bicchieri ci servono
per bere vodka gelata al limone e se ti piace ce l'ho anche all'albicocca mentre col terzo voglio metterterlo
nel di dietro. Ti voglio pompare dal davanti col mio fido dildo e invece il bicchiere ghiacciato ti deve prendere tutta da dietro. Ghiacciarti il culo e farti stare impaurita perché se ti muovi male ti si rompe dentro…
hai paura?" glielo sussurrò a voce bassa e vogliosa.
"Ma sei scema? Col cavolo che te lo faccio fare, tu sei
scema. Io voglio godere non farmi male." Va bene allora lo metto via. Aspetta un attimo prendo delle can-

dele." Accese lo stoppino e poi bloccando con la mano Martina iniziò a far colare la cera sui suoi capezzoli. Il dolore era leggero ma il piacere si fece immediatamente sentire e Martina si lasciò fare. La cera scendeva sui capezzoli e li ricopriva solidificandosi immediatamente poi Celeste con la lingua e con i denti la levala e succhiava avidamente i capezzoli che come piccoli peni erano eretti e ben turgidi. Il trattamento con la cera aveva eccitato nuovamente Martina che chiese a Celeste di legarla la letto con le manette che aveva in dotazione e di metterle la canna della pistola in bocca. Celeste rise ed esclamò. "Sapevo che lo avresti voluto per cui ho già scaricato prima la pistola e l'ho anche ben ripulita. Adesso dammi le mani che ti lego alla testata del tetto. Martina le chiese se poteva prima metterla a pancia in su e frustarla. "Celeste esclamò "Mamma mia se sei pretenziosa. Aspetta da qualche parte dovrei avere un bel frustino che avevo usato per un certo periodo con un'amica portoghese che amava essere frustata in ogni parte del corpo prima dell'amore"

"Frustrata in ogni parte del corpo? Ma anche nella farfallina? Chissà che male deve fare... " poi girandosi verso la partner le chiese a mani giunte mi frusti ovunque per favore? Non me l'hanno mai fatto... chissà cosa si prova.."

"Va bene ti frusto ma prima ti voglio legare e bendare poi da così ti giro io e ti metto come mi piace va bene?"

"Fammi ciò che vuoi"

Celeste aprì un'enorme cassettiera e la rinchiuse dopo

aver estratto un bel foulard scuro di seta. Il tessuto scivolava fra le mani e la donna ne fece un triangolo poi rinchiuse i lembi e la striscia di tessuto nascose il mondo a Martina. Poi con calma prese la prima mano e l'attaccò al letto facendo ben scattare le manette intorno al suo polso. Stessa sorte toccò all'altra mano, per legarle le caviglie usò invece dei gambaletti che stavano ai piedi del letto. Finita questa operazione che eseguì in silenzio, prese il frustino e senza avvisarla lo fece sibilare dapprima nell'aria e poi fra le sue gambe colpendole il monte di venere. La donna urlò di dolore e di piacere." Non fare casino che sono le quattro della mattina, aspetta, scese di nuovo dal letto e recuperò un foulard che utilizzò stavolta come bavaglio per impedire a Martina di gemere troppo forte. La seconda frustata ben assestata fece inarcare la schiena della donna che essendo bloccata al letto poté solamente inarcare e godere e ritornare in posizione rilassata a gambe aperte." Celeste le domandò levandole il bavaglio ti piace vado avanti?" "Assolutamente si ma non imbavagliarmi ti giuro che non urlo più, frustami anche i capezzoli, frustami le cosce, frustami sul culo..." la sua voglia era pari alla sua bramosia. Celeste ne fu quasi intimorita ma fu solamente un attimo riprese a frustarla con sempre maggior forza e con maggior godimento di entrambe. La liberò la fece mettere a quattro zampe e poi le fece scattare nuovamente le manette. Stavolta i colpi di frustino arrivavano decisi e ben assetati. Il fondoschiena divenne rosso fuoco e senza avvisarla Celeste la prese da dietro in quella posizione al culmine del piacere di entrambe. Poi la slegò e la costrinse a leccarla tutta, goccia per goccia. "Sono stanca mi hai fatto impazzire, adesso voglio riposarmi un po', tu stai bene?" "Martina si girò su di un fianco e con un ampio sorriso disse:" Mi masturbo un po' e poi dormo, non sono ancora soddisfatta" Celeste rise e si sdraiò al suo fianco e si addormentò completamente vinta dalla stanchezza della giornata.

IX

La giornata diversa

Alle prime luci dell'alba Celeste le pose un bacio sulle labbra e le disse: "Dormi fino a quando vuoi, quando esci tirati dietro la porta, poi più tardi torno io a chiudere a chiave" e scappò a coprire il suo turno di lavoro, invece Martina, quella mattina se l'era presa di riposo e non si scompose minimamente. Si girò con un mugugno e con la mano salutandola, la congedò. Riprese a dormire e si svegliò che il sole era già alto nel cielo. Si sgranchì stirandosi nel letto, si accarezzò le parti intime e canticchiando "Non sono una signora" corse in bagno e liberò la vescica del caldo liquido. Poi si infilò sotto al getto caldo della doccia. Si cosparse l'intero corpo di candide essenze profumate e cercò di fare ben attenzione a non far accendere il suo corpo. Ridendo gli parlò. "Caro corpo mio, ti prego non accenderti come al solito, quando basta sfiorarti e tu inizi a mandarmi messaggi umorali, sento vampate di calore, mi bagno abbondantemente in mezzo alle gambe e sono costretta nella stessa giornata a cambiarmi diverse volte lo slip per bloccare i tuoi bollenti spiriti sono costretta a sottopormi a frequenti bidet gelati quando è possibile, ma si fa così? Ti ricordo che non hai più vent'anni, non puoi costringermi ad una vita così libertina, che miseria" esclamò ridendo all'indirizzo del suo corpo reo di averla trascinata in situazioni a dir poco scabrose. Rise allegramente e poi aggiunse ed oltre a te corpo mio, devo sgridare anche la mia fantasia. Le situazioni che penso poi sono costretta a realizzarle ed è spesso una prigionia, non dico brutta ma che mi fa sentire una sorta di schiava senza catene. Non appena sento odore di dopobarba o di umori maschili mi eccito ed in me si accende come una caldaia che va presto in pressione, sento profumo femminile mi rendo conto che mi eccito e non vedo l'ora di essere presa e di possedere. Forse dovrei andare da un sessuologo ma nel mio caso so già che cercherei di farmelo, di dominarlo, di spegnere le sue passioni assieme alle mie morbose necessità. Sono torbidamente peccaminosa e la voglia di fare sesso mi assale immediatamente appena sveglia, che colpa ne ho io di tutto ciò? Squillò il telefono e contemporaneamente trillò anche il citofono. Decise di dare la priorità al citofono ed anche se non era a casa sua decise di rispondere, chiese: "Si, chi è?" dall'altro capo del citofono una voce squillante rispose: "Postino signora devo consegnare una raccomandata con ricevuta di ritorno, deve firmare per favore, mi apre?"

"Certo venga le apro" e senza pensarci si coprì solamente con un accappatoio rosa di seta leggera che in verità le stringeva molto sul seno prosperoso, contenendolo a fatica. Il giovane entrò chiedendo permesso e quando la vide arrivare con i capelli bagnati avvolti in un asciugamano raccolto che le faceva da turbante, con le braccia alzate a tenerne i lembi, appariva veramente bellissima. Gli occhi verdi brillavano come gemme di smeraldo acceso dal sole ed i denti bianchi perfetti parevano perle naturali. "Sculettava con andatura lenta e volutamente sinuosa. Il postino deglutì a fatica e con un filo di voce le disse dove dovesse firmare.

"Scusi il disturbo signora, l'avessi saputo non sarei passato a disturbala"

"Dici davvero e quindi non ti piaccio e ti saresti perso questo spettacolo?" così dicendo allargò la cintura in vita e lasciò che i turgidi seni ne fuoriuscissero mostrando tutta la loro ricolma bellezza. Nel contempo la cintura allentata lasciò che lo spacco che si formò mostrasse anche uno stacco di gamba notevole fino ai peli ricciolini e neri del pube. "Veramente non saresti voluto venire?" chiese con fare da gattina offesa la donna. I suoi occhi lanciavano sguardi colmi di ogni pensiero sconcio ed il povero ragazzo attraverso la divisa attillata delle poste mostrava tutta la sua giovanile baldanza. Il gonfiore della patta non aveva lasciato insensibile Martina che con movenze sempre più lascive si avvicinò e ripetè con tono ancor più suadente: "Dici davvero e quindi non ti piaccio e ti saresti perso questo spettacolo?" adesso a pochi passi dall'uomo che eccitato ed imbarazzato balbettando cercò di mantenere il controllo. "Ecco, dovrebbe firmare qua per il ritiro" indicando col dito una zona del modulo di ritiro. Per tutta risposta Martina gli prese il dito con cui stava indicando e se lo mise in bocca completamente per poi estrarlo lentamente dopo averlo ben, ben succhiato. Il postino che si chiamava Roberto, perse l'equilibrio e fece cadere senza controllo la penna ed il blocco su cui aveva appoggiato il modulo per il ritiro. "Signora per piacere io non sono di ferro, se lei continua così i vedrò costretto a ..." non finì la frase. Alzandosi dopo aver raccolto da terra tutto ciò che aveva lasciato cadere alzando la testa e risalendo, scoprì la donna ora completamente nuda che nel frattempo si era seduta sul divano poco lontano. "Lei mi sta tentando e le dico la verità fra poco non mi tratterrò più e le darò ciò che si merita" "Cosa mi darai Roberto, non vedo l'ora. Il ragazzo chiuse il tablet, lo mise in posizione stand by e con passo deciso lo ripose nella sua cartella" Si slacciò solo la patta dei pantaloni e senza emettere un fiato si pose di fronte a Martina offrendogli il suo pene già in erezione. Lei lo accolse nella sua calda bocca non prima di averci giocato, scoprendo la pelle del pene, leccando avidamente il prepuzio ed accarezzandogli l'asta in tutta la sua lunghezza sia con la lingua che con le mani." Prendilo in bocca dai, non perdere tempo" disse l'uomo eccitato e lei obbedì gioiosa. Il sapore di uomo, di sudore, di animale la fece andare in estasi. Il ragazzo lavorava dalla mattina presto ed ora era quasi la una. Non era perfettamente profumato ma questo a lei piaceva ancora di più. Ansimando lo estraeva dalla sua bocca e se lo rispingeva fino in gola con voluttuoso piacere. Roberto si slacciò la cintura dei pantaloni e mise in mostra un bel paio di gambe muscoloso anche se piccole. Una peluria leggera gli ricopriva solamente il pube e le gambe sugli stinchi e sui polpacci mentre le cosce erano completamente glabre. "Che sport pratichi? "Le chiese la donna col suo pene in bocca" l'uomo rispose senza troppa convinzione: "Pratico arti marziali, adesso taci e succhia, il mio uccello è fuori controllo" infatti le dimensioni del pene erano diventate impressionanti. Grosso, duro come il ferro, imbarazzante nella sua bellezza eretto come una statua dedicata al sesso. Le chiese di mettersi sul tavolo da pranzo ed in quella posizione le infilò l'intero pene fino alle palle che rimasero di poco fuori poi, prendendola per i fianchi iniziò a mandarla avanti ed indietro assieme ai colpi del suo bacino. Un solo movimento e velocemente fece scivolare il pene dalla vagina all'ano senza cambiare ritmo, un maledetto scopatore. Abile e ben pratico dei piaceri del sesso pur se giovane. Martina ebbe tempo di pensare solo un pochino a queste cose perché il ragazzo la girò di fronte estraendo il suo pene da dietro e senza tante chiacchiere glielo spinse in fondo alla vagina e la riempì di colpi. Partì subito forte, non voleva smettere voleva averla e subito. Gli venne dentro inondandola di caldo sperma dopo una folle corsa in cui non si risparmiò sudando e montandola come un vero uomo deve fare. Si sedette sul divano e stese le gambe sul tavolino allungandole.

Chiese ridendo: "Signora è soddisfatta? Le serve che le dia un'ulteriore ripassata?" Martina rise e disse: "Ah beh, tu avresti già finito? Figlio mio che schifo di servizio fornisce la posta emiliana" piccato dalla risposta della donna il ragazzo si alzò e per nulla soddisfatto "Adesso ti faccio vedere io, stronza. Dammi le mani" e le bloccò entrambe le mani, la trascinò in cucina mentre Martina fingeva di non volerlo. Prese il manico della scopa che serviva per lavare i pavimenti e gliela legò in mezzo alle gambe in modo che lei non potesse chiuderle, poi prese un altro bastone e le legò i polsi distanti, dopo averla obbligata ad alzare le braccia. In quella posizione camminare per lei era diventato quasi impossibile ed il ragazzo le ordinò muoviti cagna vieni qui da me, spostandosi mentre parlava lontano da lei. Se cadi ti punisco, ricordatelo. Lui non aveva ancora finito di parlare che la donna inciampò e cadde in avanti, la prese fra le braccia frenando la sua caduta però disse: "Ecco vedi che non sei tanto brava, adesso prendi la tua punizione; andò in cucina e frugò a lungo nei cassetti. Ritornò con una paletta di legno e cominciò a percuoterle il sedere e le gambe con colpi decisi e forti. Il sedere si arrossò e la donna gemette. "Ti ho fatto male?" chiese con fare interessato continuando a colpirla. Chiedimi scusa subito disse: "Certo scusami non volevo essere maleducata. Volevo solo godere ancora".
"Certo sei brava tu vero? Allarghi le gambe ed il gioco è fatto. Però brava se riconosci di essere stata cattiva sarò più dolce con te. La portò in bagno dove trovò

una vasca capiente. L'altro bagno con la doccia non lo convinse. La tirò sempre immobilizzata con i due bastoni fra le gambe e che le bloccavano le mani davanti. Sparì lasciandola seduta sul bordo della vasca. "Aspettami qui, mi è venuta voglia di cose strane, vado a vedere in cantina cosa trovo" ritornò dopo pochi minuti con una damigiana piccola ma con una grossa canna, poi una ruota di camion che fece rotolare. Si era messo addosso solo i pantaloni che a mala pena riuscivano a contenere il pene turgido ed eretto. Cosa mi vuoi fare domandò Martina eccitata e felice assieme. Finalmente un po' di sano sesso. Il ragazzo rise "Sei proprio una porca, guarda cosa mi invento per te, la costrinse a sdraiarsi supina con la pancia verso il cielo, le gambe spalancate, legò le caviglie bloccandole da dietro e fece correre la corda legandole all'enorme ruota da camion, le mani le fece alzare col bastone e le mise legate con la stessa corda alle caviglie sempre passandole dietro all'enorme gomma del tir che era appartenuta al precedente inquilino che probabilmente faceva il camionista. In quella posizione Martina fu costretta ad inarcare ancor più la schiena ed ad aprire la gambe offrendo il monte di venere e la sua natura completamente scoperta ed indifesa. L'uomo le infilò la lingua fra le gambe e la lecco avidamente dappertutto, poi non pago salì su di una sedia e si trovò di fronte alla vagina. Dall'alto si lanciò dalla sedia ed entrò nella donna. L'enorme ruota traballò ma rimase in piedi e con le la donna a schiena inarcata costretta con le mani sopra la testa e le caviglie dietro alla gomma a subire i colpi che il ragazzo le dava. La donna godeva ed eccitata lo incitava a continuare per nulla spaventata. "Ohh sì, che bello, mi piace bravo Roberto scopami, fammi godere, non fermarti. Ad ogni colpo che il ragazzo le dava un urlo sempre più alto di impadroniva del silenzio fino a che il giovane eiaculò estraendo il pene e lasciando che irrorasse tutto il viso ed il seno della partner. Poi con calma le spalmò tutto il suo seme in ogni dove e poi non contento prese la damigiana la guardò con sguardo perverso e disse: "Te la infilo ovunque, poi ci pensò si fermò e sparì in cucina. Ritornò con una bottiglia di nebbiolo che vuotò sul petto e dentro alla vagina della donna, poi la levò e gliela infilò nell'orifizio anale finendo di versarne l'intero contenuto poi la slegò e la fece mettere a ginocchioni sul divano dalla parte della spalliera. Lui le si avvicinò da dietro e la prese fino in fondo col fallo di vetro. "Ti piace Martina?" chiese eccitato alla donna. "Si, molto continua. Fammi godere", lui lo levò dopo qualche colpo la bottiglia, mise il suo pene turgido e con gioia, la possedette sodomizzandola nuovamente. I colpi frequenti esplorarono ogni millimetro del fondoschiena di Martina che al colmo del piacere urlava di gioia. "Ahhhh sei troppo bravo, che gioia, che meravigliaaa ahhhh"" stavolta non aggiunse altro e godette fino alla fine dei suoi giorni o almeno le parve. Venne talmente forte che svenne. Quando si riebbe Roberto l'aveva slegata ed appoggiata sul letto. Coperta con l'accappatoio e le sedeva accanto. "Come stai urlatrice seriale? Sei svenuta all'improvviso mentre venivi e mi hai fatto spaventare, che scherzi fai?" leggermente spaventato ma poi nemmeno tanto. Lei per tutta risposta gli prese il pene in mano e con enorme gioia lo fece venire di mano con movimento lento e preciso. Il ragazzo tentò di ritrarsi ma lei lo trattene tenendolo saldamente per l'asta e lo obbligò ad una sontuosa masturbazione che durò poco ma ebbe effetti devastanti. Un orgasmo denso di piacere e di umori irrorò il suo viso e la giornata. Roberto si rivestì e senza nemmeno salutarla scappò per tornare alla sua grigia anonima routine. Martina rise ed ad alta voce disse:" Tornerai, io lo so che verrai ancora da me" peccato che questa non sia casa mia e rise anche del doppio senso che aveva volutamente cercato. Si rifece una doccia gelata per spegnere nuovamente il suo corpo e decise di tornare a casa sua e di dedicarsi ad una sua passione: la cucina.

X

Noi siamo ciò che mangiamo

"Quando era una giovane studentessa universitaria l'aveva colpita un'affermazione del filosofo tedesco Feuerbach che nel 19 esimo secolo sosteneva che noi siamo ciò che mangiamo, cioè che le abitudini alimentari di un individuo possano dirci molto sulle caratteristiche di un individuo. Il cibo influenzerebbe non solamente la salute, la nostra personalità ma addirittura le abitudini sociali. Lei aveva elaborato anche una sua piccola teoria che era "in quest'era tecnologica noi siamo ciò che googliamo. Noi siamo ciò che le nostre ricerche ci definiscono" ma io mi limito a cucinare piatti che mi soddisfano e che mi rendono felice. Quel pomeriggio, dopo aver esercitato la mattina la sua prima passione: il sesso, decise di dedicarsela cucinando. Aprì il frigorifero, sapientemente riempito dal servizio a domicilio dell'iperstore vicino a casa, benedì queste modernità e scelse con sapienza gli ingredienti che le sarebbero serviti. Creò il menù: Antipasto di gamberetti in salsa cocktail serviti in conche di semicerchi di melone con letto di rucola e verdurine di stagione, pennette panna, salmone rosso Svedese, pepe nero e vodka russa, secondo piatto di portata polpo alla Luciana con pomodori freschi, olive di Gaeta, e capperi dissalati, dolce della casa: tiramisù al caffè, poi caffè, amari: limoncello e mirto. Rise nuovamente e poi esclamò "Ok ho deciso di cucinare per un reggimento ma per chi? Prima devo invitare i miei amici per una bella cenetta, che potrebbe anche svolgersi magari con una riffa privata, potremmo mangiare tutti nudi, sapendo che finiremo la nostra serata in un'orgia di sapori e di sesso. L'idea le piacque tanto e si rese conto che si era nuovamente eccitata. Si sedette a cavalcioni sulla sedia e senza troppo pensarci si masturbò con colpi veloci e sapienti. Spense la sua voglia di sesso in pochi minuti e poi con voluttà si infilò le dita nella vagina e si leccò i suoi umori. Le piacque così tanto che ripeté il gesto fino ad esaurire il caldo liquido filamentoso. Poi si lavò il viso e le mani, bevve a garganella direttamente dal collo della bottiglia dell'acqua minerale fresca che teneva nel frigo e subito dopo prese in mano il suo tablet ed iniziò a dettare la lista degli invitati da chiamare per la serata baccanale (rito orgiastico con cui veniva celebrato il culto di Bacco in senso figurato orgia). Jorge, Calogero, Celeste, Rosario, Chao Ti Uan, Samantha, Nicola, Massimo, Roberto, Lulù, Marika, Shalim direi che possono bastare. Ci divertiremo assolutamente. Quattro donne cinque con me, sette uomini, un trans… Che meraviglia di serata. Sempre sfaccendando in cucina ordinò al tablet di scrivere il testo dell'invito. La S.V. è stata invitata al baccanale con relativo dopocena al castello di Lady Lussuria. Un invito che riserva sorprese erotiche tutte da scoprire destinate ad un pubblico selezionato e fortemente libero senza tabù e senza falsi conformismi. Verrà messa in palio giocandosela/lo alla roulette la protagonista, o il protagonista della cena, che sarà servita/o nuda/nudo in tavola con le pietanze sparse sui loro corpi. Si mangerà solamente con la bocca senza l'utilizzo né delle mani, né delle posate e gli ospiti presenzieranno completamente nudi e senza maschere protettive. Ogni parte della fortunata o del fortunato verranno leccati ed assaggiati da tutti i commensali presenti. Al termine delle libagioni la regina della serata o il re della serata, verrà gratificato da ognuno dei presenti in ogni posizione ed in ogni atto sessuale che si riterrà opportuno regalare. Poi la serata continuerà nelle stanze dark del castello ove si potrà godere liberamente ognuno con ognuno senza limiti. Alla cena sono stati invitati solo maggiorenni in grado d'intendere e di volere, selezionati, sani e senza nessun problema nell'esplicare la propria libertà amorosa in ogni sua forma ed in ogni posizione e numero di aderenti, che si riterrà gradevole accettare. La Signoria Vostra è stata invitata a partecipare portando con se ogni oggetto dedito al proprio ed al piacere altrui, che si vorrà esternare. Ogni fantasia erotica potrà essere condivisa se ben accettata e richiesta dalle parti in gioco in base ai singoli gusti durante il munch (spuntino snack, pranzo, cena informale) Sono quindi ben accetti: oggettistica sadomaso, bondage,

disciplina, cera, spanking (sculacciare) , pony play
(un partner assume il ruolo di cavallo e l'altro del pa-
drone/padrona), fetish, kink (pratiche sessuali non
convenzionali usate per rafforzare l'intimità spesso
all'interno di una singola coppia) ogni singola fantasia
è ben accetta. Attendo il suo arrivo per le ore 20.00, richiedendo l'adesione entro le ore 17.00. Buon baccanale! Al termine del dettato chiese al suo aiuto tecno-
logico di inviare mail con richiesta di lettura, di inviare
sms richiedendo conferma di lettura ed infine dettò un
elenco di chiamate da fare entro un'ora. Poi una volta
terminata l'espletazione delle pratiche diciamo buro-
cratiche si dedicò alla cucina. Leccò dita, aprì sacchetti, si sporcò la camicetta e cambiandosi si accarezzò
languidamente i capezzoli. I piccoli vulcani erano già
pronti ad esplodere ma lei fece finta di non accorgersene. Si concentrò sulla serata e su ciò che si sarebbe go-
duta ed andò avanti senza dar conto alle richieste del
suo corpo insaziabile ed alla sua mente perversa. Tornò in cucina stringendo forte le gambe ma la sua voglia era irrefrenabile, si rese conto che non sarebbe riuscita a calmarsi se non avesse fatto qualcosa. Aprì il
frigorifero, infilò la mano nel cassetto della verdura ed
il solo fatto di avere introdotto la mano in un buco le
strappò un gemito. Ne estrasse un cetriolo grosso, duro, pieno di escrescenze e bitorzoli molto stimolanti.
Lo lavò con attenzione, scorse le mani su e giù, lo
asciugò e senza pensarci su se lo mise in bocca con
voglia. Si appoggiò al muro, si lasciò andare e poi con

gusto leccò e succhio il vegetale fallico. Poi allargò le gambe e lo fece sparire tutto nel suo nero, umido taglio. Emise un forte gemito e con mano pratica lo spinse su e giù traendone un enorme piacere, dato che il cetriolo era molto lungo, largo e grosso. Decise di non continuare nel movimento. Si disse ad alta voce:" Ti piace vero? Sei una maialina cara Martina ma se ti piace te lo lascerò immerso nella tua patata per tutto il pomeriggio, così cucinerai col tuo vegetalpene infilato nella vagina. Poi vedremo per la serata, se sarai brava magari lo riuseremo su altri ed altre" rise e finalmente serena continuò a spadellare a gambe larghe. Ogni tanto stringeva i muscoli pelvici ed ogni tanto lo estraeva e lo rimetteva dentro. Un gioco perverso e gradevole che la entusiasmava. Terminò di preparare la cena e finalmente controllò le risposte che erano arrivate nel frattempo. Come era ovvio avevano risposto tutti dando conferma con grande gioia. Quindi serata intensa e peccaminosa, proprio ciò che ci voleva per farle spegnere i suoi bollenti spiriti. Entrò nel salone, predispose i servizi piatti e bicchieri, poi andò in bagno e selezionò accappatoi, asciugamani, lenzuola, ciabatte, completini intimi, candele, lavò i suoi dildo, i suoi frustini, le palline anali, preparò cuscini e calde coperte ovunque. Tutto era pronto per la bella serata, tutto era pronto per il primo Baccanale di Reggio Emilia, organizzato da lei. Controllò nel frigorifero quanto burro ci fosse, panna, budini, ed infine nella dispensa cercò la scorta di miele, di marmellata e di Nutella. "Ottimo, quello che promettiamo lo manteniamo, questa serata sarà perfetta e potrebbe diventare un appuntamento fisso per divertirci un po'. Ci penserò. Adesso sono un po' stanca mi sdraio sul divano e mi coccolo un po' il mio gattino e mi accarezzo un po' anche la mia micina." Gli ospiti arrivarono alla spicciolata e si presentarono eleganti e sobri. Ognuno con regali, sacchetti, piccoli trolley, pacchetti e pacchettini. Martina da perfetta padrona di casa era avvolta da un tubino nero lungo fino ai piedi con uno spacco che le arrivava fino all'inguine, lasciava intravedere un lungo stacco di coscia ed una natura libera, senza intimo. Il trucco era sobrio, lo chignon di capelli morbidamente annodati sulla nuca la rendevano affascinante. Il suo seno turgido mostrava di essere libero senza reggiseno, si muoveva all'interno dello scollo e le spalle scoperte ingentilite da un collier di perle rendevano la donna un bocconcino, una conquista ambita. Ogni ospite che arrivava le regalavo un sorriso, un bacio sulla bocca con o senza lingua a seconda della sfrontatezza dei suoi ospito. Velocemente, furtivamente, più lentamente e poi ci fu, chi immediatamente esplicito fu Lulù, il trans che senza mezzi termini entrando in casa, chiuse l'uscio dietro di sé e con la stessa mano entrò nello spacco della donna e la possedette senza preamboli. Le si muoveva dentro senza curarsi della sorpresa della donna e senza curarsi degli altri ospiti. Il suo pene si eresse immediatamente e spuntò sotto all'abito lungo, segnando le sue forme maschili. Martina venne gentilmente spinta verso il bordo del tavolo dell'ingresso dall'uomo che tirandosi, senza grazia, su i lembi dell'abito, scoprì il suo generoso pene eretto che spinse velocemente della vagina scoperta della padrona di casa. Immediatamente eccitati dalla situazione Nicola e Massimo si accodarono in un trenino furioso e gemente. Le donne risero e si baciarono fra loro, ci fu chi scoprì il seno e chi rise e basta. La cinesina si lanciò sui piedi di Martina e levandole le scarpe iniziò a succhiarle ogni singolo dito del piede. Leccava e si masturbava mentre il trenino sopra di lei, veniva e godeva. Al termine della folle corsa del trenino Martina rise e disse: "Direi che chi ben inizia è a metà dell'opera" risero tutti e si sedettero e si accomodarono sui divani e sulle poltrone libere. Poi con calma e con risate a dir poco studentesche si sedettero a tavola. La gestione della serata venne affidata a Martina che aveva preparato il sacchetto della tombola con i numeri che servivano per estrarre a sorte il predestinato o la predestinata che avrebbe offerto il suo corpo come piatto centrale per tutti. Il numero estratto corrispose a Roberto. Il tenero e perverso postino si sdraiò al centro dell'enorme tavolo ed in men che non si dica venne ricoperto di salsa cocktail, di gamberetti, di insalata verde e d ancora di salsa e di gamberetti. Ogni parte del suo corpo venne ricoperta. Ogni commensale venne dotato di cucchiaio e di ciotola colma di salsa cocktail e d insalata. Il gesto della "ricopertura" eccitava molto. Jorge aveva già visibilmente gradito tale operazione, Martina rideva e fremeva l'attesa del gong che avrebbe dato lei solo al rintocco delle 21.00 oramai prossimo. Roberto era emozionato, aveva le orecchie rosse, il viso paonazzo e nella zona pubica si vedevano movimenti. Ogni avventore pregustava la zona da leccare, succhiare ed ancora mordicchiare e leccare. Le mani non si potevano usare ma ogni parte del corpo era lecita, denti e labbra compresi. Le risate ed i profumi umorali si spandevano già nell'aria. Al rintocco Martina urlo: "Via si aprano le danze" la cinesina si avventò sul pene del ragazzo ed iniziò a leccarlo ed a succhiarlo con voracità. Non potendo utilizzare le mani usava le piccole tettine che aveva per cercare di indirizzare il pene verso la sua bocca vogliosa. Shalim leccava le cosce lateralmente ed arrivò dal gluteo fino alla punta del piede e risaliva lentamente leccando la salsa e mangiando lentamente ogni gamberetto che trovava. Leccava e mordicchiava su e giù come se lo avesse fatto per tutta la vita. Lulù era eccitatissimo e succhiava avidamente i capezzoli del ragazzo che sollecitati si drizzarono turgidi. I corpi scivolavano sulla salsa cocktail e si spingevano gli uni sull'altro e si incontravano e si rimettevano giù dal tavolo, educatamente. L'enfasi del gioco aveva eccitato quasi tutti, gli uomini in maniera molto visibile, le donne lanciavano odori ed occhiate verso il pene oramai in erezione del ragazzo, il gioco stava per finire ma Martina decise di lasciar venire il piccolo Roberto. Al colmo dell'eccitazione Lulù contravvenne alle regole del gioco prese in mano furtivamente il pene e se lo mise in bocca e lo succhio forte, ricevendo in cambio una cascata di sperma caldo che lui bevve avidamente non concedendo a nessun altro di assaggiarlo. Le risate e le urla di sdegno dei partecipanti al festino si alzarono alte nel cielo ma la padrona di casa pose fine alle lamentele dicendo:" Ce ne sarà per tutti e per tutte ragazze. Ho appena deciso che se siete d'accordo potremmo organizzare una bella spaghettata di mezzanotte usando come condimento lo sperma che i nostri amici vorranno donarci, che ne dite? Vi sembra una buona idea? "Risero tutti, applaudirono e con slancio si abbracciarono ed iniziarono a limonarsi tutti con tutti. Ancora una volta Martina mise ordine e chiese se avessero ancora fame o se volessero fare ancora una estrazione per far cambiare posizione a Roberto. Il numero estratto corrispose alla piccola cinesina che per nulla spaventata salì velocemente sulla tavola ed allargò le gambe più che poté. Come rapaci tutti si avventarono sul corpo della giovane asiatica. Leccate, risate, succhiate ed ancora eccitazione, silenzi rotti solo dai rumori gutturali emessi dai commensali nel cibarsi di quel giovane corpo usandolo come un enorme piatto di portata. La più esaltata era Celeste che posizionatasi fra le sue gambe, leccava avidamente, mangiava deglutiva ed ancora leccava. La serata era un tripudio di umori, piaceri e fantasie sessuali che si incastravano completamente le une in quelle degli altri. La compagnia era ben assortita ed i corpi giovani e le voglie sembravano non spegnersi mai. A questo giro venne spalmata e ricoperta col polpo in salsa rossa ed olive di Gaeta. Si sentiva ridere, grugnire, godere, mangiare godendo appieno della situazione e della serata. Martina molto contenta per la piega che avevano preso gli eventi si vide ripetutamente limonare con Jorge mentre Shalim lo leccava e lo baciava ovunque, specialmente nelle parti pubiche. Dietro di lei Lulù, l'attivissimo trans la stava montando con ritmo sfrenato cantando canzoni carioca. Il gruppo si era diviso. La cinesina era pasto di alcuni e Martina preda di molti che a loro volta si incastravano con altri. Roberto con una certa veemenza si pose dietro a Lulù e dopo aver lascivamente accarezzato il suo pene lo spinse dentro al brasiliano. Ora cantavano e si muovevano sincroni con movimenti pelvici ondulatori. Roberto propose agli uomini presenti di aderire all'incastro. Shalim rise e accettando la nuova fantasia si mise dietro a Roberto. Il suo splendido spadone spense la sua voglia dentro a Roberto che vergine lanciò un urlo fra il dolore ed il piacere sfrenato. Sempre senza fermarsi il trenino continuò come da proposta. Dietro a Shalim si pose Calogero poi dietro di lui volle partecipare anche Celeste che col suo fido dildo prese il ragazzo con una certa foga per poi essere presa a sua volta da Rosario e via via… Nicola, Massimo… poi ancora Massimo venne preso a sua volta da Martina che col suo pene di silicone chiuse l'allegra brigata. Vennero quasi tutti assieme ed il movimento sussultorio venne interrotto da un urlo generale. Marina urlò "non sprecate nulla, come vi ho detto prima se raccogliete tutto per bene ci condiamo la pastasciutta a mezzanotte. Non volete farvi du' spaghi?". Le risate si alzarono alte nell'alcova e Samantha e Marika si incaricarono di raccogliere il prezioso condimento. Ogni commensale riprese a leccare ed a far andare la lingua come splendida arma migliore. L'eccitazione durò ancora a lungo per ore, per momenti di estasi senza limiti, senza tabù e senza falsi bigottismi. Solo sesso e niente altro. Nessuna partecipazione emotiva, nessun coinvolgimento, solo della sana ginnastica da camera fra esseri umani dediti alla libertà totale. I divani, le poltrone, i tappeti, i cuscini, le sedie erano carichi di umanità e di lascive presenze. Martina rise osservando i suoi nudi commensali morbidamente adagiati, finalmente esausti. "C'è qualcuno che gradisce del buon limoncello? Oppure del Mirto? Del Brandy? Del Cognac oppure dello Cherry? La splendida cena preparata dalla giovane cuoca sortì l'effetto cercato, una riunione serena, intensa ed emozionante e poi complice il notevole quantitativo di vino che scorreva nei flute rese tutto più naturale. Inutile dire che la spaghettata sortì effetti rigeneranti e l'orgia riprese ancora più attivamente. Beata gioventù. Le prime luci dell'alba li colse chi addormentato, chi seduto a fumare e chi ancora stravolto addormentato completamente abbracciato al primo corpo che lo accoglieva fra le sue braccia. Martina si rassettò i capelli, guardò l'orologio e battendo con una posata sul prezioso calice, diede la sveglia. "Buongiorno ragazzi sono le sei del mattino, ve ne dovete andare. Devo farmi una doccia ed andare al lavoro come voi, via forza andatevene. Ridendo la ragazza svegliò i suoi amici che lentamente si misero in moto ed alla chetichella se ne andarono per tornare alle loro vite comuni. Notte da leoni per risveglio da normali. Martina spalancò le finestre. Accese la musica e mise Renato Zero in sottofondo, si infilò in doccia canticchiando: "Non sono una signora una con tutte stelle nella…" si strofinò vigorosamente e stavolta il suo corpo pago della nottata, la lasciò fare senza risvegliarsi. Si vestì come una graziosa educanda ed alle otto in punto, uscì di casa. Serena e felice. "Bella la vita notturna a Reggio Emilia" pensò sorseggiando il suo caldo caffè al bar.

XI

La cliente

Martina era serena, si era truccata decisamente in maniera sobria, aveva messo un tailleur blu molto elegante, un filo di perle antiche ereditate da sua nonna materna, orecchini in parure, scarpe Chanel ed un filo di rossetto ad incorniciare una bella bocca carnosa. Il suo aspetto era più che gradevole infatti Samantha la guardò con interesse quando varcò la porta dell'ufficio ma rispettando il suo ruolo, la salutò solamente con un casto "Buongiorno dottoressa, il primo appuntamento è per le nove la signora Guslandi de Manlio. Ricorda la contessa, amica dell'avvocato Perini, vorrebbe avere un suo parere per una causa passata che si trascina da anni senza soluzioni" la donna aggrottò le ciglia e poi con espressione illuminata esclamò." Si, adesso ricordo, bene. Portami cortesemente il fascicolo che ho un po' di tempo e mi studio la pratica. Trascorso una buona notte?" chiese ridendo e la ragazza altrettanto allegra rispose:" Ottima grazie, non avrei potuto chiedere di meglio" risero entrambe e Samantha uscì richiudendo la porta dietro di lei, regalando serenità al suo capo. La signora Bernadette Carin Guslandi de Manlio arri-

vò attorniata da un nugolo di abbaianti Chihuahua. Un gruppetto di microscopici cagnolini forsennati che si agitavano da dietro a collarini brillanti che emanavano schizzi di luce. "Tesorini, basta, siete molto cattivi, mi fate innervosire" esclamò la Contessa offrendo una mano ingioiellata alla dottoressa. A questo punto le due donne si fissarono negli occhi. Il magistrato accese i suoi due splendidi occhi verdi negli occhi azzurri della nobildonna che ricambiò e tenne lo sguardo acceso. Attimi di silenzio seguirono allo sguardo interessato di entrambe. Ruppe il silenzio Martina. "Buongiorno contessa le posso offrire un caffè?" disse sempre senza abbassare o staccare lo sguardo dagli occhi della donna." La stessa per nulla intimorita alimentava con occhiate infuocato il gioco delle parti." Grazie molto volentieri, amaro con vicino un bicchierino d'acqua naturale fuori frigo" Martina schiacciò il tasto dell'interfono e chiamò la segretaria. Samantha entrò immediatamente e con deferenza chiese al suo capo in cosa potesse esserle utile:" Cortesemente signorina mi faccia avere due caffè amari, un bicchierino di acqua naturale fuori frigo, due brioche, dei biscotti secchi, dei dolci della casa. La ringrazio, nient'altro". Una volta uscita Martina riprese a fissare la donna negli occhi e cortesemente chiese: "Cosa la porta da me Contessa? So che è amica dell'avvocato Perini che si è tanto raccomandato di trattarla bene perché da anni non le viene riservato il trattamento che si merita".
"Che trattamento mi merito? Chiese la nobildonna con

fare intrigante. Martina finse di non aver capito, ma si era resa conto che la donna era caduta nella sua rete, oppure lei era caduta nella rete della contessa? Si vedrà in seguito, quindi per ora lei si limitò a giocherellare solo con lo sguardo. Fu molto professionale ed attenta alle esigenza della dama che si mostrava scontrosa e leggermente piccata per la sua risposta respingente. Il consulto fu proficuo in verità per cui la nobildonna sarebbe potuta essere soddisfatta invece nel gioco della seduzione si sentiva respinta e questa non le piaceva. Non aveva capito invece che il magistrato aveva volutamente modificato il suo atteggiamento per iniziare un gioco di ruolo che tanto le piaceva. "Quindi Contessa con questo abbiamo finito. Le serve dell'altro? "Il suo sguardo all'inizio ammiccante ed intrigante era volutamente scarico e spento. La contessa mostrava la sua evidente insoddisfazione. "Abbassando lo sguardo, da preda era diventata preda attaccata all'amo con atteggiamento mutato. All'inizio cacciatrice arrogante ed esigente adesso sembrava aver cambiato registro. "Ecco, io non saprei o meglio saprei ma non vorrei essere fraintesa o forse lo vorrei ma… "La dottoressa tornò dominante e continuò a pressarla ed a lavorarsela psicologicamente. Il bastone e la carota paga sempre e lei lo sapeva benissimo. "Le ripeto che cosa potrei darle che non le ho dato? Che cosa cerca da me? Dica pure contessa la ascolto e non si limiti, se lo ritiene opportuno. Dal canto mio io credo di essere stata molto professionale" fece volutamente una pausa e poi con sguardo malizioso guardò la cliente con sguardo peccaminoso. Si mise il medio in bocca e lo succhiò languidamente ma nel contempo osservava con finto disinteresse la donna che le stava seduta al di là della scrivania. Bernadette Carin si sentiva completamente spaesata, abbassò lo sguardo vinta dalla pressione.

"Niente dottoressa, va benissimo così non mi serve altro. La ringrazio per la sua professionalità, mi è piaciuto molto il suo consulto e non le chiedo altro. Ringrazierò l'Avvocato Perini che mi ha permesso di arrivare a lei. Tutto perfetto, grazie. Mi sono espressa male, non ho bisogno d'altro o almeno non da lei" detto ciò a testa bassa, china sulle sue fragilità si era scoperta completamente. Il Magistrato orgogliosa della guerra dei ruoli che aveva combattuto con l'altezzosa quanto vogliosa cliente non aveva assolutamente voglia di lasciarla scappare così. Sapeva che il suo corpo si era già acceso in previsione di ciò che sarebbe successo di lì a poco. A volte immaginare è più erotico di fare. Martina sapeva benissimo che non l'avrebbe fatta scappare senza prima prendersi quello che voleva. Voleva fortemente dominarla, possederla, umiliarla e poi possederla. Già pregustava la sua vittoria erotico sessuale quando il trillo del telefono spezzò l'atmosfera magica che lei aveva creato malgrado le ritrosie della nobildonna. "Pronto? Avvocato Perini, sì la contessa è qui davanti a me adesso no, non abbiamo finito. Penso che ne avremo per almeno ancora un'oretta. Certamente, no non si preoccupi non mi disturba affatto. Riferi-

rò alla signora" posando la cornetta riprese il suo ruolo
di intrigante dominatrice. Come ha sentito io e lei anzi,
tu ed io ne abbiamo almeno per un'ora, cosa pensi che
dobbiamo ancora definire tu ed io? Dimmi pure.." aveva girato oltre la scrivania che le separava e si era seduta nella poltroncina di fianco alla nobildonna. "Mi
spieghi allora cosa facciamo per un'ora? Vuoi continuare a stare in silenzio a capo chino oppure mi guardi
e mi fai capire? Prima sembravi una guerriera berbera
ed adesso sembri una verginella delle valli svizzere. Ti
manca solo il nonno e le caprette e poi sei Heidi. Invece che i tuoi cagnolini dovresti girare con le caprette al
guinzaglio" la sottile provocazione aveva stimolato la
reazione della altezzosa nobildonna che cadde nuovamente nella rete. "Io sono la contessa Bernadette Carin, tutto ciò che voglio lo ottengo. Io vivo per pren-
dermi quello che voglio, io sono ricca e mi compro il
mondo, io non devo chiedere mai, sono la regina di
questa società.. io.." Martina si alzò andò verso la finestra e le voltò le spalle, si vedeva che stava riflettendo.
Prese in mano il telecomando delle tapparelle automatiche, schiacciò il tasto chiusura e sorridendo si girò,
sempre osservando con sguardo vincente la donna che
la seguiva in egual modo con lo sguardo fisso e col
fiato sospeso. Attaccò la seconda finestra e chiuse la
tapparella automatica, si spostò verso la terza ma la
chiuse solamente a metà poi schiacciò lo stop... rimase per qualche secondo girata verso la finestra che era
rimasta aperta per metà ed osservò il mondo che scor-

reva sotto di loro. Attimi che alla contessa apparvero lunghissimi. Poi senza proferire parola uscì dal suo studio e diede ordine a Samantha di prendersi cura dei piccoli cagnolini. Rientrò nel suo studio e senza parlare sfilò dalle mani della nobildonna il guinzaglio centrale a cui erano attaccati i sei cagnolini. Non voglio essere disturbata da nessuno per almeno un'ora. Non passarmi nemmeno telefonate. Rinchiuse la porta e fece scattare la serratura. Due mandate chiusero il mondo fuori dal loro micromondo. Sempre senza rivolgere nessuno sguardo alla donna andò in bagno, tornò senza fretta ed assestò uno schiaffone sulla bocca alla contessa. "Lei sobbalzò e si coprì il labbro offeso con una mano, ma non proferì parola. La padrona e la sottomessa avevano messo le carte in tavola e Bernadette si era dichiarata nella sua totale fragilità. Della donna aggressiva ed intransigente non c'era più traccia. "Basta poco per smontare le coperture di facciata" pensò Martina andando verso il suo bagno privato e ne riuscì vestita di lattice. Era inguainata in una tuta nera che non lasciava nulla all'immaginazione. Una maschera nera le copriva il viso. Trascinava una lunga frusta nera, che faceva correre sul pavimento. "Eccomi adesso vuoi cortesemente dirmi che trattamento vorresti da me? Non ho né tempo né pazienza quindi mettiti in piedi ed alzati la gonna, voglio vedere che intimo porti." Il tono era deciso e non lasciava spazio alla risposta. Né del resto la nobildonna sembrava voler reagire a questa aggressione. Si alzò in piedi sui suoi tacchi costosissimi, alzò la gonna e mostrò un intimo sobrio. Uno slip nero di pizzo di San gallo ed un reggiseno a balconcino che valorizzava un bel seno decisamente ingombrante ma leggermente cadente. Martina le girò intorno mentre la donna esibiva la sua nudità con una sorta di eccitante paura. "Gira su te stessa senza abbassare la gonna. Tira fuori i capezzoli e appoggiali sopra al reggiseno, in maniera che io possa vederli bene. Poi senza aggiungere altro la fece girare su se stessa ancora ed ancora per molte volte. Dopo il decimo giro la nobildonna perse il passo e vacillò. Si appoggiò alla scrivania per non cadere. Fu allora che Martina la colpì sul dorso delle mani "Ti ho detto io che ti potevi fermare e potevi appoggiarti alla mia scrivania? Vedi che vai educata Heidi? Gira le mani col palmo verso l'alto" detto ciò il piccolo frustino rosso apparve nelle sue mani e servì a colpirla. Conta a voce bassa, ogni colpo che ti do. Inizia: Bernadette contò" Uno e subito la frustata assestata sui polpastrelli la fece sobbalzare" "Continua a contare di seguito" "Due" ed il secondo colpo arrivò puntuale "Tre e puntuale la punizione arrossò la punta delle dita e fece sobbalzare la nobildonna seminuda e leggermente frastornata dai continui giri su se stessa a cui era stata costretta. "Quattro" ma non arrivò il colpo, quasi con delusione la contessa si girò verso Martina "Rincomincia a girare su te stessa, levati lo slip e resta nuda con la gonna tirata su fino all'ombelico" Iniziò ad obbedire senza ritrosia tanto oramai era evidente il fatto che fosse una schiava.

Compì il primo giro ed al termine dello stesso trovò il magistrato che le si fece più vicina e le prese in mano il capezzolo di destra e lo tirò, poi fece lo stesso col sinistro, le allargò le gambe con la pressione della mano... poi rialzandosi cavò dalla borsa che aveva portato dal bagno dei stringi capezzoli e li mise aprendoli a fatica poiché molto duri sui capezzoli che erano turgidi e pronti ad altri piaceri. Uno, due ed a questo punto la mano di Martina proseguì scendendo verso il suo Monte di Venere. Le accarezzò il pelo e tirando le catenelle che mortificavano i seni la costrinse ad un gemito. Poi col terzo stringi capezzoli scese con la mano sulla vagina e vi entrò. Rimase solamente sulle grandi labbra, le allargò e la nobildonna gemeva come una educanda. "Non fare rumore che io qua ci lavoro" ottenne subito il silenzio della sua schiava. Le grandi labbra allargate dalle sue due mani che la visitavano, la allargavano, la facevano sua, però non entrando in lei ma stando fuori. Con abile manovra scoprì il clitoride e con determinazione lo imprigionò con lo strizza capezzoli. Il dolore era forte ma anche il piacere era altrettanto forte. Memore della punizione subita in precedenza Bernadette gemette sotto voce. Non vedeva l'ora di essere presa e Martina lo sapeva benissimo. Voleva essere baciata e la dottoressa non lo faceva, avrebbe voluto tante cose che la sua dominatrice non le dava eppure le stava piacendo tantissimo e si sentiva inebriata dalla situazione. Le catenelle vennero tirate e i seni si tirarono, il clitoride si allungò e docilmente la contessa seguì la sua padrona che la fece girare per lo studio fermandosi e riprendendo a camminare non prima di averle tirato le catenelle procurandole dolore e piacere. "Sei stata brava adesso vieni qua," e sempre tirandola la fece arrivare vicino alla sua poltrona sulla quale si era languidamente seduta. Accavallò le gambe, poi aprì le gambe e la fece inginocchiarsi di fronte a lei, non prima di averle inserito un vibratore doppio, anale e vaginale, nei suoi orifizi. Lo infilò con un colpo deciso noncurante di far male. Poi le disse "Non farlo cadere, altrimenti sono guai. Adesso leccami e fallo senza usare le mani. Usa solamente la lingua e ti fermi solo quando te lo dico io".. " Bene Contessa ci vediamo settimana prossima, per ora credo che il trattamento che le ho riservato abbia soddisfatto le sue necessità. La pratica resta in sospeso, arrivederla" senza altro aggiungere, chiuse la porta congedando la sua nuova schiava del piacere. Strizzò l'occhio alla sua segretaria e sorridendo fece scattare il play per riavvolgere le tapparelle automatiche rendendo la luce al suo studio.

XII

Il prete accoglie Martina in Chiesa

Stava facendo due passi in centro per spendere un po'
di soldi quando la sua attenzione venne richiamata in
Piazza Camillo Prampolini. Dalla cattedrale di Santa
Maria Assunta, chiesa madre della diocesi di Reggio
Emilia Guastalla o più comunemente chiamato Duomo, venne attratta per i cori che si elevavano alti nel
cielo e per l'organo che suonava musiche molto delicate. Senza nemmeno accorgersene entrò e come se
fosse richiamata da una strana alchimia si fermò
all'ingresso, poi si sedette nelle ultime file della grossa
cattedrale romanica. Il Duomo era illuminato dai raggi
del sole che riflettevano luci colorate dalle ampie ve-
trate. Il suo sguardo fu attratto dalla cupola interna del
duomo. La copertura composta da ottagoni ricoperti di
vernice dorata contenevano al loro interno un bottone
centrale che conteneva simboli religiosi. L'intera volta
era ricoperta da queste perfette geometri e mentre lei
seduta a testa all'insù osservava la perfezione di questa
opera d'arte del passato pensò che mai gli scultori e gli
architetti moderni potrebbero essere in grado di creare
un'opera di così tal bellezza. Semi archi, sostegni fer-

rosi, angeli alati e statue di santi svettavano su pilastri di marmo candido, abilmente scolpito mentre le finestre, finemente decorate lanciavano fasci di luce che ferivano gli occhi. In breve si sentì "rapita" da tutta questa grandiosità coniugata col melodioso ed affabulatore suono dell'organo a canne, volò in una dimensione di connessione diversa. L'incenso contribuì a rapire il suo olfatto e l'organo nuovamente la sedusse permettendole di lasciarsi andare ed in meno che non si dica, svenne senza nemmeno accorgersene. Scivolò giù dalla panca sulla quale si era seduta. Non vide che al tonfo che ne seguì dalla caduta del suo corpo, padre Ronaldo, uscisse fuori dal confessionale e la soccorse. La prese fra le braccia e la portò in sacrestia. Fece uscire la perpetua assieme al sacrestano che non smettevano un attimo di invocare l'aiuto divino e l'intercessione divina per l'anima loro che si era spaventata alla vista della turista svenuta nella casa del loro buon Dio. Sembrava che non fossero per nulla preoccupati della condizione di salute della donna ma solamente attenti al loro piccolo mondo. Il prete con decisione disse:" Andate fuori di qui, fratelli. Accendete candele al nostro santo padre e fate in modo che nessuno venga a disturbare la povera sorella inferma. Celestina tu pulisci anche le panche della cappellina Grigia e utilizza la cera per legno in abbondanza perché ho visto che le panche sono secche e tu Serafino pulisci bene il pavimento, prima lavalo e poi passa la cera d'api dopo di che andate a casa e sempre pregando offrite la vostra anima a nostro signore per permettervi di passare la notte senza pensieri impuri. Ci vediamo domani alle 07.00 per la prima Santa messa. Nel frattempo Martina si era ripresa e risvegliandosi vide che le era stata slacciata la camicetta e d il suo seno appariva scoperto ed ancora più indifeso nella grandiosità di quel luogo religioso. "Cosa mi è successo, dove mi trovo? "chiese mentre cercava di coprirsi chiudendo i bottoni della camicetta. Il prete le fu vicino e fermandole la mano le disse:" Che fai cara? Vuoi privarmi del piacere di guardare le due meraviglie che porti rinchiuse in quel forziere troppo stretto che è il tuo reggiseno? Vuoi veramente privarmi del piacere di osservare tanta bellezza? Potrei anche assaggiarle per sentire se il ricordo che ne ho è quello giusto e poi se facciamo un pochino amicizia ti potrò far vedere che gioia porto io nello slip sotto alla mia lunga gonna. Non restare ferma, il tempo è denaro. Porgimi i tuoi piedi, li laverò con acqua benedetta e poi li asciugherò per restituirti la giusta pressione e poi ti permetterò di ringraziarmi come a me piacerà. La donna leggermente intontita rispose solamente "Certamente padre, tutto quello che vuole lei" il religioso le lavò i piedi glieli asciugò e poi richiese la sua ricompensa. Si pose di fronte alla donna e le ordinò di sollevargli il saio e di mettere la testa sotto. Di prenderglielo in bocca e di succhiarlo con delicatezza, senza fretta. "Succhialo come fosse un gran bel ghiacciolo ma leccalo come fosse un sontuoso cono gelato, mettilo in bocca senza morderlo come fosse una ricca banana caraibica ma bacialo in punta come fosse il tuo amore più grande. Fallo entrare ed uscire dopo averlo ben bagnato di saliva e poi ma solo dopo che te lo dirò io prendilo in mano e manda su e giù la sua pelle delicata. "Padre, ma tutto questo non le sembra sconveniente? Lei non dovrebbe.."

" Shhh la redarguì il religioso, non si parla nella casa del Signore. Esegui gli ordini che ti do e vedrai che tutto andrà bene: Su figliola continua ciò che ti ho detto di fare" Martina poco convinta dalle spiegazioni dell'uomo ma molto intrigata dalla situazione insolita che le stava capitando smise di recriminare e si impegnò ad eseguire la fellatio che le era stata chiesta da padre Rolando. La sua testa andava avanti ed indietro da sotto la sottana del prete e l'uomo le teneva la mano sulla testa aiutando il suo movimento. Poi, le fermò la testa con la mano e le ordinò di alzarsi agevolando il suo rimettersi in piedi. "Appoggiati in avanti sul mobile porta indumenti sacri, l'altezza è quella giusta. Vedrai che sarai contenta del trattamento che ti dedicherò". La spinse in avanti e le si mise dietro, scoprì il fondoschiena della donna che si ritrasse per un attimo, lui la spinse nuovamente in avanti e la disse: "Dai piccola, non fare la ritrosa giocare piace a te quanto a me, sei stata brava a succhiarmelo adesso ti pompo un po'. Male non ti fa, sei la giusta femmina che mi ci voleva stasera. Dai girati che mi sta scoppiando dalla voglia che ho di prenderti" e così dicendo le infilò le mani fra le cosce. La mano destra veicolò il suo pene turgido nell'orifizio vaginale mentre due dita su cui aveva in precedenza sputato entrarono nell'orifizio anale e iniziarono a girargli dentro ed ad allargarsi. "Mentre la vagina era riempita da un grosso organo che andava su e giù con un ottimo ritmo le dita dietro si allargavano sempre più. Chiudeva ed apriva le dita e poi esclamò" Mmmh che gioia la tua carne delicata mi piace molto, hai un profumo di vagina che mi sta eccitando da morire mentre ti sto preparando il buco per essere preso da me fra poco. Ti benedico e ti apro insieme, ti riempio davanti e ti sfondo dietro. Vedrai che bella funzione ti farò. Mai troverai in chiesa ciò che stasera io ti regalo senza chiederti niente in cambio. Estrasse il grosso fallo eccitato e lo immerse nel buco scuro pompando con forza. Le prese i fianchi con le mani e la spinse avanti ed indietro mentre la sodomizzava con forza. Si spinse ancora più dentro alla donna che fremeva e gemeva sotto voce mentre le sue mani cercavano le grosse mammelle che tirò da sotto e che durante l'atto innaturale che stava compiendo sulla donna esclamò" Vieni che ti mungo vacca" menava dei gran colpi di anche e di schiena ed irrigidendo i glutei spingeva il suo pene sempre più in fondo aprendo la donna senza curarsi troppo del suo dolore e tirava con decisione i capezzoli che si allungavano seguendo le sue mani forti che le imponevano di essere strizzate e allungate. I capezzoli era rossi, i seni allungati tutto era sotto al suo controllo. Venne godendo a voce alta riempì Martina completamente senza levarsi e dopo qualche minuto che il pene si ritrasse e lui si lasciò andare accasciandosi sulla schiena della donna. Una frazione di secondo durò la sua calma, si riebbe e senza proferire parola si sedette sulla sedia che stava lì vicino ed ordinò a Martina di sedersi su di lui. La ragazza obbedì senza eccepire nulla. Quello che le stava succedendo era in verità molto appagante, mai avrebbe pensato di poter essere soddisfatta così tanto a livello sessuale in una chiesa. Andava su è giù appoggiandosi alle spalle del prete e lo smorza candele venne arricchito dal suo abile movimento pelvico. In pochi minuti Padre Ronaldo fu servito. Ma anche stavolta non era abbastanza soddisfatto la rimise a pecora ed una volta dietro la prese con nuova vigoria. Qualche colpo davanti, molti colpi dietro e poi di nuovo davanti. Stavolta il religioso si ritenne soddisfatto ed a massimo spregiò nel momento dell'eiaculazione uscì dal sedere della donna e sbatté il suo organo sulla sua schiena. Spalmò con attenzione il suo seme sulla sua schiena e poi, riaccesosi le chiese di sedersi sulla poltrona clericale. Allargò la sua vagina con entrambe le mani, infilò l'intero polso nella vagina e poi non contento sembrava che volesse infilarci anche il viso. Spingeva e leccava, allargava e succhiava. Prese il suo clitoride fra le labbra dapprima e poi fra i denti. Mordicchiava e succhiava, toccava, sgrillettava e nuovamente leccava e succhiava. La fece alzare nuovamente e poi mettendola a gambe aperte al contrario della seduta tenendosi con le mani la riprese, montandola in maniera animalesca che era in fondo la posizione che più l'appagava. Vene completamente dentro a Martina, rimase dentro a lei fino a che il pene non divenne piccolo e molle. Solo allora la fece inginocchiare e si fece pulire goccia a goccia sedendosi sulla poltrona che veniva usata nelle cerimonie importanti. Poi si riaccese la sua "frustrata" voglia di sesso, la obbligò a mettersi con la pancia all'ingiù appoggiata alle sue ginocchia. Il sedere scoperto offriva al cielo le sue forme. Iniziò a sgridarla "sei stata veramente indegna, venire a stuzzicare ed a circuire un servitore di nostro Signore nella sua casa. Ti devo punire, ma lo faccio per il tuo bene. Devi imparare che cosa si può fare e che cosa no. Devi imparare a non commettere atti impuri e nemmeno a desiderarle. Ti aiuterò a diventare una buona cristiana, umilierò le tue carni permettendoti di capire che sei stata immorale. Non farai più queste cose che hai voluto fare oggi per tuo trastullo. Rispetterai il luogo e le persone vero?". Così dicendo la sculacciava con forza. Le sue grosse mani colpivano i glutei che si arrossarono quasi subito. Ogni ceffone che veniva assestato al sedere della donna otteneva un salto sulle ginocchia che la donna compiva dal dolore."Stai ferma non farmi arrabbiare, chiedimi scusa ed ammetti che ti sei pentita delle tue azioni. Non lo farai più vero?" e così dicendo assestava pesanti ceffoni adducendo come giustificazione che non era stato giusto entrare nella casa di Dio e compiere quegli atti. Lei sola era la colpevole e lui ne era stato una povera vittima e più la sculacciava

e più la sua insana passione si riaccendeva e di li a breve la fece alzare e mettendola sull'altare a gambe aperte la possedette con forza guardandola negli occhi.
Venne in pochi minuti ed iniziò a cantare: "Santo, santo santo è il Signore..." si fece il segno della croce e
sparì dietro alla vermiglia tenda di velluto, spostandola
leggermente. Ridendo Martina uscì dalla bella cattedrale e ridendo tornò verso casa.

XIII

La passeggiata sul torrente Crostolo

Era un bel sabato mattina di primavera e Martina decise di dedicarsi una bella passeggiata seguendo il corso del torrente Crostolo, un affluente di destra del fiume Po. Seguendo le anse di quel bel corso d'acqua si sentì fiera di essere viva, esploratrice improvvisata e turista per caso. Non c'era tanta acqua ma il gorgogliare era comunque rilassante. Gli alberi già risvegliati dal freddo inverno lasciavano uscire gemme come doni divini. I fiori facevano bella mostra di se e la donna con la sua bella tutina fucsia si sentiva in pace con se stessa e col mondo. Il cinguettio degli uccelli rallegrava il suo passaggio, gli arbusti verdi che si erigevano tronfi con le braccia rivolte verso il cielo, il volo di api intente a produrre buon miele la facevano sentire in paradiso. All'improvviso venne distolta da tanta pace da uno strano movimento di un cespuglio. Si avvicinò con fare circospetto anche perché sembrava che intorno non ci fosse nessuno. Passo dopo passo sentiva una sorta di curiosa agitazione che la spingeva a proseguire. Spostò piano piano le verdi fronde e con enorme stupore scoprì due uomini intenti ad un rapporto sodomita. Quello

attivo stava dietro era enorme, alto, grosso e muscoloso con una barba rossa che gli conferiva un aspetto austero, indossava un paio di pantaloni verdi militare infilati in un paio di stivali di pelle nera con lunghe
stringhe nere avvolte e legate accuratamente, lo pompava con ampi movimenti del bacino e lo teneva saldamente per i fianchi, parlava al suo partner, ma lei da
lontano non riusciva a sentire niente. Vedeva solamente il giovane che riceveva colpi e sembrava molto contento di ciò che avveniva, si stava toccando il suo pene
con gesti languidi e morbidi. Vide che l'uomo dalla
lunga barba gli disse qualcosa ed il giovane fece di sì
con la testa. Spostò le mani e l'uomo con la barba glielo prese in mano da dietro. Lo penetrava e lo toccava
con gesti decisi. La donna sentiva che l'eccitazione si
stava impadronendo di lei, iniziò ad accarezzarsi da
sopra alla tuta. Il fiato si ruppe ed iniziò ad ansimare.
Nel frattempo i due uomini avevano cambiato posizione. Il biondo ragazzo si era spostato davanti al barbuto
e vigoroso uomo che inginocchiatosi di fronte a lui lo
succhiava praticandogli una furiosa fellatio. Il giovane
gli teneva la mano sulla nuca e lo aiutava nel movimento. Martina si eccitò ancora di più. Le sue mani
adesso la frugavano dappertutto e la destra si era infilata nei suoi slip. Si accarezzala natura con movimento
lento e languido. Vedere due uomini intenti nell'atto
sessuale da sempre, le procurava eccitazione. Sentiva
salirle in gola la voglia di godere ed i suoi movimenti
aumentarono d'intensità. L'estasi la faceva godere. Il

giovane ridendo spostò la mano dalla nuca dell'uomo fin sul fondo schiena. Lo aiutò ad alzarsi e poi sempre ridendo lo fece appoggiare a due tronchi giganteschi che erano accatastati poco distante poi slacciandogli i pantaloni da dietro, gli sussurrava qualcosa all'orecchio, gli succhiava il lobo con intensità, gli leccava il collo sempre da dietro e con gesto lento gli abbassò i pantaloni scoprendo un gluteo sodo e muscoloso. Le cosce pelose, tornite, maschie apparirono in tutta la loro bellezza. Il giovane sempre ridendo si sputò sulla sua spada d'amore e poi con decisione aprì le natiche del grosso uomo e lo prese. Un colpo deciso, intendo, spinse fino in fondo e restò fermo per qualche secondo. L'uomo appoggiato ai tronchi all'immissione di quel grosso pene inarcò la schiena e si aprì ancora di più i glutei con le mai, per essere preso. Il giovane biondo iniziò a muoversi sempre più velocemente, poi rallentava e poi riprendeva nuovamente pompando velocemente e poi dopo qualche colpo rallentava di nuovo. I rallentamenti e la velocizzazione dei colpi facevano urlare il barbuto uomo che posseduto in quella maniera gemeva senza ritegno. Adesso persino Martina di lontano dal suo rifugio nascosto, sentiva i gemiti e le parve di essere fra loro. Ogni gemito che udiva le apparteneva come se lo avesse emesso lei, ogni colpo che arrivava lo incassava lei e ne godeva. Ogni lamento del nerboruto uomo posseduto dal giovane efebico la eccitava e la rendeva languida. Decise di mettersi comoda. Si sdraiò sulla verde erbetta e fra margherite e fiordalisi, papaveri e mughetti, si abbassò la tuta e scoprendo le sue gambe si abbassò gli slip e si toccò voluttuosamente. Sentiva il fresco dell'erba sui glutei, sentiva il profumo dei fiori ed i lamenti dell'uomo che al culmine dell'estasi urlò come un forsennato. Sentì che di suoi lombi sprigionavano calde secrezioni e si abbandonò ad un autoerotismo sfrenato. Venne dolcemente, intensamente, i colpi dei suoi reni, le levarono il fiato, si sentì felice, stanca esausta ma felice. Quando si rialzò dei due uomini non c'era più traccia se non fosse per i due preservativi appesi ad un albero come trofei del loro passaggio. Martina rise e riprendendo il suo cammino si rese conto che a volte basta poco per essere felici e poi aggiunse a voce alta :oppure basta poco per essere sodomizzati, oppure basta poco per essere scopati, oppure basta poco per amarsi, oppure la vita è una grossa ciulata" rise e continuò la sua gita in solitario. La primavera nell'aria con i suoi profumi ed i suoi rumori l'accolsero e si sentì profondamente serena. Il sentiero venne presto frequentato, coppie di genitori con passeggini, corridori del tempo libero, nonne e nipotini, ragazze con vistosi occhialoni che incorniciavano volti giovani si muovevano strizzate in tutine alla moda. Giovani pelosi e pieni di acne con ampi pantaloncini corti camminavano a gambe larghe procedendo in gruppo ridendo e qualcuno di loro grattandosi il pube, sputava lontano. Altri solitari con le cuffie, camminavano seguendo una meta prefissata, un punto lontano che li portava lontano da lì. Col volto inespressivo, sembravano automi. Martina osservava l'umanità e con passo atletico decise che si era meritata una buona colazione dopo essersi riservata una calda doccia profumata, Accelerò il passo e risalì sulla sua bella macchina.

"Giornata iniziata in modo a dir poco sublime" esclamò la giovane donna.

XIV

Il vecchio avvocato in cantina

Quella mattina l'accesso al Palazzo di Giustizia era lento per colpa di un pacco bomba. I controlli erano meticolosi. La fila procedeva a rilento e Martina sembrava leggermente innervosita ma d'altro canto era giusto che si facessero tutti i controlli opportuni. C'erano più addetti alla security, c'erano artificieri in ingombranti tute da prevenzione bombe, ed avvocati distratti, magistrati, Pubblici Ministeri, semplici curiosi. Celeste era sotto pressione e si vedeva con quanto tremore le sue mani si agitavano sul mouse. Scrutava il suo monitor attentamente senza alzare gli occhi da quello. Martina la salutò sottovoce con un leggero cenno del capo." Ciao Celeste tutto bene? Non essere preoccupata, vedrai che è solamente un falso allarme. C'è sempre qualche pacco sospetto o qualche borsa dimenticata in giro da colleghi disattenti. Comunque senti un po' stasera ti va se ci vediamo? Potremmo ordinare una buona pizza a casa e stare tranquille a vederci un buon film strappa lacrime e poi..." fece una pausa e proseguì ridendo già pregustando la peccaminosa serata che si sarebbero riservate. Continuò "Da te o da me?

Cosa preferisci?" l'addetta alla sicurezza rispose immediatamente:"Con molto piacere Martina, fra l'altro ti ho comprato un regalo. Già da qualche giorno in verità, sono andata a San Marino e in un negozietto per l'artigianato ho trovato una cosa carina per te, non sono riuscita a dartela prima perché, a causa del trasferimento da Brescia sono stata molto impegnata per aprire le casse, rimettere i vestiti nell'armadio, scartare i bicchieri, i piatti… insomma un lavoraccio. Se ti va potremmo passare il fine settimana insieme tanto più che il ponte sembra regalarci delle belle giornate di sole. Potremmo andare al mare che ne dici? Io amo Liguria e Toscana che ne dici?" dietro alle due donne un avvocato fece rumore con i piedi richiamando la loro attenzione. "Vado Cele, ci sentiamo dopo al telefono. Buon lavoro." E proseguì oltre le barriere del metal detector. Martina sparì e la sua figura slanciata venne osservata dai molti presenti. Le calze a rete, la gonna attillata che seguiva i suoi fianchi ed esaltava la forma alta e soda delle sue natiche fu osservata da uomini e donne che la accarezzarono con lo sguardo e con i pensieri. La donna si sentì osservata e di risposta ancheggiò in maniera più marcata. Si fermò, ai aggiustò volutamente la riga nera delle calze, stringendo le calze fra pollice ed indice e trattenendole le tirò. Con sguardo languido alzò la testa giusto in tempo per incontrare o sguardo interessato di un vecchio avvocato dalla folta capigliatura del colore della luna. Capelli argentei su occhi cerulei si persero sulle sue gambe, gli occhi si incrociarono e lui non abbassò lo sguardo. Con calma senza fretta lasciò uscire una punta della lingua che si passò da un labbro all'altro. Sempre mantenendo acceso lo sguardo con Martina, rifece passare la lingua lentamente da destra a sinistra e poi senza essere visto si infilò in bocca il pollice e lo succhiò con risucchio. Sempre promettendole tante cose sconce solo con lo sguardo coprendosi con la ventiquattrore si appoggiò la mano aperta sulla patta dei pantaloni e stringendo in una presa decisa il suo pene gonfio. La donna si era rialzata ed aveva lasciato andare le calze e la riga nera. Si aggiustò la gonna, e lanciò uno sguardo d'intesa al vecchio avvocato. Sapeva di essere tremendamente bella e le piaceva tanto essere guardata ma quell'uomo l'aveva incuriosita. Mai un anziano avvocato in un posto istituzionale aveva risposto alla sua provocazione senza indugio. Il bianco candido dei suoi capelli l'aveva affascinata, forse anche perché quegli occhi azzurro cielo l'avevano stregata. Gli sorrise e gli strizzò l'occhio. L'avvocato sorrise e dopo aver terminato i controlli eseguiti da Celeste la prese sotto braccio e le chiese: "Non ho voglia di sapere nulla di te, né ti dirò nulla dima, voglio solo assaggiare la tua calda pelosa, se ti sta bene andiamo nelle cantine del Palazzo. Sicuramente troveremo un angolino dove poter spegnere le nostre voglie. Chiamami De Sade ed io ti chiamerò Messalina, anche se in verità non ho molta voglia di parlarti. Non me ne frega niente di conoscerti, voglio violarti avanti e dietro, voglio strapparti a morsi quelle splendide calze a rete, voglio riempirti di me in ogni dove. Mi manca il fiato al pensiero di sentirti gemere con me dentro di te" la donna lo lasciò parlare e poi con una risata disse: Quante chiacchiere, allora dov'è questa meravigliosa cantina per spegnere le nostre insane voglie marchese De Sade. Risero entrambi. L'uomo spinse una pesante porta di legno che cigolò sui cardini dal non frequente utilizzo. Le ragnatele si strapparono ed il portone li lasciò entrare. Si aprì un grosso stanzone poco illuminato. Si scorgevano in un angolo delle casse di verbali e cartelle, una vecchia scrivania ricoperta di polvere, una sedia con braccioli blu abbandonata nel mezzo dello stanzone li accolse. "Allora De Sade cosa mi vuoi fare? Vuoi stuprarmi, vuoi obbligarmi a pratiche feticiste? Sono certa che ti darà tanto piacere di farmi dolore e sofferenza, so che sei perverso e sadico ma per ora lo so solo a parole. Quindi che cosa mi farai? Dacci dentro sono già eccitata. Quello che tu non sai che io sono in pari misura masochista ed in parte sadica e quindi ciò che mi farai probabilmente ti verrà reso." L'uomo sorrise ma stavolta lo sguardo era duro, quasi cattivo. Estrasse dalla sua borsa del lavoro un frustino corto, di pelle rossa e le ordinò di inginocchiarsi di fronte a lui e di aprire la bocca. Le possedette la bocca col frustino, glielo fece succhiare, glielo spinse in bocca e lo estrasse, glielo fece leccare poi la obbligò a tirare fuori la lingua ed a tenerla dritta. Solo allora scattò un colpo di frustino che la colpì in pieno sulla lingua. Urlò e chiuse la bocca. Apri immediatamente la bocca e tira fuori la lingua. Martina si era accasciata sulle cosce, lui le si avvicinò e strappandole la camicetta le estrasse con decisione i seni e glieli afferrò tirandole forte i capezzoli. Li girava, li tirava, stringeva forte i seni in tutta la loro grossezza. Se ne infilò uno in bocca ed iniziò a morsicarlo, imprimendo i segni dei denti sulle morbide carni. La donna gemeva di dolore e di piacere ma non reagiva, "Tira fuori la lingua anzi, no aspetta che adesso ti servo io, le aprì la bocca mettendole entrambe le mani nella mascella e le infilò il suo pene turgido e gonfio. Succhiamelo e fammi godere" la donna eccitata succhiava, leccava, accarezzava malgrado la lingua dalla frustata ricevuta le friggesse le carni, Succhiava, baciava, leccava con gioia e con voglia. Non si accorse che il vecchio avvocato aveva aperto la borsa che portava con se ed aveva preso in mano un vibratore. La fece alzare, la spinse a pancia ingiù sul grande tavolo impolverato, con un solo colpo le strappò le mutandine e le lanciò lontano "Queste non ti servono più, dopo di me starai sempre e solo nuda. Le estrasse la camicetta dalla gonna però senza romperla, la spostò prese in mano la chiusura a bottoncini del reggiseno e lo strappò lanciando anche questo indumento ormai inutilizzabile. Poi massaggiò la schiena della donna che gemeva e si agitava speranzosa. "Stai ferma non ho voglia di inseguirti. Alzò con la mano destra il frustino e lo fece schioccare colpendola sulla schiena, il secondo colpo la prese sul gluteo destro, cercò di rialzarsi ma lui con l'altra mano la spinse giù nuovamente e continuò a frustarla. La donna sembrava gradire molto, il rude trattamento a cui il vecchio avvocato la stava sottoponendo. Ci fu un attimo di pace fra un colpo e l'altro ed in quel lasso di tempo De Sade infilò il suo grosso pene dell'orifizio anale della donna e contemporaneamente le prese la vagina bagnata col vibratore. Iniziò a montarla col suo pene sodomizzandola bruscamente e duramente mentre con le mani la scopava senza ritegno. Entrava e spingeva fino in fondo, il pene era eccitatissimo come l'uomo e la donna che chiedeva sempre di più di essere presa. Il vecchio avvocato era un ottimo amante ed era anche molto atleti. Adesso la stava scopando con la mano sinistra, la stava sodomizzando e con la mano destra riprese a frustarla violentemente. Ogni colpo faceva inarcare la schiena di Martina, lui ne approfittava per spingere ancora più a fondo sia il suo pene che il vibratore. Non contento si piegò in avanti e d iniziò a mordere la donna sulla schiena godendo delle grida di piacere e di dolore che la donna lanciava. Venne godendo come un pazzo e la donna si dispiacque che il trattamento che le aveva riservato. Era venuta diverse volte ma non ne aveva ancora abbastanza quindi, liberatosi del piccolo pene scarico dell'avvocato, estrasse il vibro e girando attorno all'avvocato gli fece spalancare la bocca e lo obbligò a leccarlo per bene. Lui senza nessuna reazione obbedì pregustando probabilmente ciò che la donna aveva in serbo per lui. Martina si sedette sulla poltroncina blu e lo fece inginocchiare davanti a lei. Lo obbligò ad infilare il viso fra le sue gambe senza poter succhiare o leccare nulla. Doveva solo stare con la sua vagina profumata di lei davanti alla bocca senza poterla assaggiare. Poi Iniziò ad assestargli dei robusti colpi di frustino sul gluteo che aveva scoperto con voglia di punire. Lo frustò con gioia, con rabbia, con eccitazione e lo obbligava a stare dentro alla sua vagina senza poterla sfiorare minimamente. Senza poter fare nulla. Il vecchio gemeva e si dimenava sulle ginocchia in quella posizione scomodissima. Martina gli prese il pene in mano e lo tirò, si fece seguire tirandolo per il pene in erezione. Lo mise sdraiato sulla scrivania, a pancia ingiù lasciando il pene fuori. Lo fece sputare sul vibratore e con forza lo sodomizzò ripetutamente ed ad ogni colpo che gli impartiva emetteva un urletto di piacere e di gioia mentre lui godeva senza vergogna" "Marchese mi sa che sei anche un po' omosessuale che ne dici?" "Non lo so non mi era mai successo ma spero che me lo rifarai ancora mi stai facendo scoppiare il pisello oltreché il sedere" Martina lo pompò con enfasi e vennero assieme la padrona e lo schiavo urlarono la loro gioia e si accasciarono entrambi sui pavimenti sporchi.

XV

Celeste fa un regalo a Martina

Quella sera Martina si presentò a casa di Celeste dopo essersi fatta una doccia. Si era cambiata la camicetta ed aveva estratto del nuovo intimo per arrivare dalla sua amica poi, decise che ci sarebbe andata completamente nuda coperta solamente da un impermeabile. L'idea le piacque, sorrise di ciò che aveva pensato, andò in bagno e si munì di crema depilatoria e poi di rasoi nuovi da donna. Aveva deciso anche che si sarebbe completamente depilata la zona pubica. Si infervorò all'idea di essere completamente depilata. Si cosparse il Monte di venere con abbondante crema depilatoria, poi spalancò le gambe entrò nella sua vagina aprendo le grandi labbra con le dita, vi applicò un altro abbondante strato di crema depilatoria, arrivando a spingersi fino all'orifizio anale. Fu molto attenta a non lasciare un solo pelo scoperto, ripeté l'operazione diverse volte. Ne prese un'altra noce che si pose nel palmo della mano e poi la applicò. una, due, tre volte, mise della musica dei Pink Floid, l'album The Wall le fece compagnia mentre i peli si suicidavano respirando la crema depilatoria. Si servì del buon Chardonnay gelato men-

tre aspettava di passare la spatolina che avrebbe portato via la peluria residua. Asportò la crema, si lavò abbondantemente con acqua tiepida passandosi il doccino ripetutamente fra le gambe, sulle cosce, dietro fino
in fondo e poi ancora ripassò col rasoio un'altra volta
per rendere tutto liscio, omogeneo, glabro. Si passò le
mani ovunque e la morbidezza della sua pelle la mandò in estasi. Per l'età che ho, ho veramente una pelle
splendida. Si mandò un bacio guardandosi nello specchio e si mise sotto al getto freddo della doccia. Voleva
trattenere i suoi istinti per la serata con la sua amica
Celeste. "Una buona doccia fredda è proprio quello
che mi ci vuole per rilassare i miei istinti" rise di se
stessa e delle sue voglie. Prese l'accappatoio in morbi-
do cotone, si strinse la cintura in vita e si fece una delicata pedicure. Passò prima un olio speciale alle olive
verdi, ammorbidì la pelle dei piedi e poi con una piccola forbicina levò le pellicine. Poi si spalmò l'intero
corpo con una costosissima profumata crema francese,
lasciò che si asciugasse e poi asciugò il suo bel ca-
schetto moro e si stirò i capelli. Era decisamente stu-
penda. Si osservò nuovamente nello specchio e si parlò dopo essersi mandata come al solito un bacio. "Perché hai sempre voglia di sesso Martina mia? Non vedi
l'ora di arrivare a casa di Celeste eppure stamattina ci
hai dato dentro col vecchio avvocato. Stupendo amato-
re ed amante, ottima preda e grande padrone. Ti sei
proprio divertita eppure a distanza di poche ore sei già
pronta a rincominciare e stavolta con una donna. Ma ti

sei mai chiesta come mai hai sempre voglia di sesso? Non sei come le altre donne che conosci, non sei nemmeno come gli altri uomini, tu sei malata amica mia, oppure sei veramente una grande troia. Ancora dopo tanti anni che ti frequento non l'ho capito. Però quello che so è che è già ora di andare. Forza, metti in atto la tua sceneggiata e presentati nuda solo con le calze a rete, il reggicalze e per il resto tutta nuda. Vedrai che seratina ti si prospetterà, Celeste quando ti vedrà impazzirà... magari se sei fortunata si unirà a voi anche qualcuno o qualcun'altra ed allora sarà stupendo." Rise di se stessa e delle sue voglie, delle sue curiosità insaziabili, di se stessa e poi spense la luce, chiuse la porta del bagno e si mise a sedere sul letto. Prima aveva estratto dal grosso cassettone le calze a rete ed il reggicalze. Ne aveva preso uno di pizzo nero e rosso che la eccitava molto. Mise le autoreggenti ma le legò ugualmente ai ganci del reggicalze perché le piaceva giocarci levandoseli ad uno ad uno. Pregustava la scena che stava preparando e si immaginava la faccia eccitata della sua amica. Finì di prepararsi infilandosi delle scarpe nere con tacco a spillo poi si spruzzò delle gocce di Chanel e si strinse l'impermeabile in vita sulle sue nudità. Salì in macchina ridendo e guidò ridendo per tutto il tragitto. Sentiva che era già eccitata ed umida. Arrivò guidando velocemente suonò il citofono e le rispose Celeste. "Ciao Martina, vieni ci sono due mie amiche di Brescia che sono venute a trovarmi, una sorpresa. Non mi avevano detto nulla.." "Molto bene, apri

il cancello Cele salgo" La notizia delle due nuove donne, probabili conquiste, non l'aveva nemmeno lontana-
mente preoccupata. Era nuda completamente, senza
reggiseno, senza slip, solo con un reggicalze, delle calze a rete e delle scarpe col tacco 12... Non pensò nemmeno per un minuto di non salire, anzi la cosa la eccitava moltissimo. Pensò: "Chissà che faccia farà Celeste e le sue amiche... Saranno lesbiche, speriamo. Un
po' di sana ginnastica non potrà che farmi bene."
Schiacciò il bottone di salita dell'ascensore, uscì e trovò l'amica che la aspettava sul pianerottolo "Scusami
Marty non sapevo che sarebbero venute, mi hanno fat-
te una sorpresa..." abbassò gli occhi a terra con sguardo mesto. "Che problemi ti fai? Le amiche sono importanti, stai tranquilla. Anche io ti avevo preparato
una sorpresa, vedrai... sono certa che ti piacerà e piacerà anche a loro vedrai.."
"Ma, ma che cosa... dimmelo per favore..."
"Vedrai Cele, dai entriamo non facciamo aspettare le
tue amiche" e con delicatezza la spinse verso la porta.
Celeste girò su se stessa ed entrò in casa sua. "Ragazze
lei è Martina, la mia amica". Poi girandosi verso la
donna" Loro sono Fara e Fabiana. Fabiana è brasiliana. Stanno insieme da circa due anni, convivono a
Brescia.. sono mie amiche da molti anni." Le due donne erano decisamente molto diverse fra loro. Fara era
piccolina, minuta con i capelli corti tagliati a rosaio e
con pantaloni attillati che le seguivano le forme del
corpo. Sopra aveva un top trasparente che evidenziava

un seno senza biancheria che si vedeva attraverso il velo nero di cui era composto. Fabiana era alta, non grassa ma formosa. Aveva un grande seno che si intravedeva attraverso la camicetta slacciata abbondantemente sul petto. Jeans attillati evidenziavano un sedere tornito e delle scarpe da ginnastica chiudevano il suo abbigliamento. Si alzarono e le vennero in contro stendendole la mano in maniera educata ma distaccata Fabiana, invece Fara la tirò a se con la mano e la baciò tre volte con un certo trasporto. Cele se ne accorse ma non disse nulla. Si rivolse verso Martina e le chiese:" Non vuoi levarti l'impermeabile?"
"Certo con piacere grazie, così ti mostro la sorpresa che avevo preparato per te." Si aprì l'indumento e si lasciò guardare con evidente interesse delle tre donne. Celeste spalancò la bocca e non proferì fiato. Fara si fece più vicina e con sguardo malizioso chiese:" Ma si possono toccare queste belle cosette? "così dicendo sfiorò volutamente un capezzolo della donna. "Martina ridendo rispose" Assolutamente tutto toccabile, leccabile, assaggiabile. Dipende dalla tua ragazza se questo le crea un problema per me, più ce n'è e più siamo e meglio è" Celeste non parlò, si vedeva che non era d'accordo ma non proferì parola. Non aveva diritti sulla donna ma era evidente che la cosa non le piacesse affatto. Fabiana interruppe il silenzio ridendo con una risata fragorosa ed allegra. Chiese a Celeste di mettere della musica brasiliana e di creare un po' di atmosfera. Era evidente che le due compagne avessero un rappor-

to aperto e senza limiti. La sola Celeste era in disparte leggermente infastidita. Martina accavallò le gambe ed iniziò il gioco della seduzione con le due donne che rispondevano assolutamente ai suoi maliziosi messaggi. Fabiana le offrì da bere e le chiese di ballare una bachata lenta con lei. La strinse forte a se, ed essendo più alta e più grossa la sovrastò col suo corpo. La stringeva forte e si strusciava contro di lei. I movimenti del bacino la portavano ad incrociare la gamba fra le gambe nude di Martina che la lasciava fare assecondandone il movimento di bacino. Avanti ed indietro, a destra ed a sinistra il corpo di Martina si accese ed iniziò a succhiare il lobo dell'orecchio della brasiliana che per tutta risposta le si strusciò spingendo ancor più forte il suo pube contro il suo e le sue grosse mammelle si schiacciarono contro al seno formoso che aveva Martina. Fabiana ansimava, e stringeva sempre più forte Martina. Stavolta la mano non era nella mano della partner ma scese lungo la sua schiena fino a toccarle i glutei e lì si fermò. Stringeva e pizzicava le natiche del magistrato che si lasciva toccare senza porre in atto nessuna azione di difesa. Fara si morsicò eccitata il labbro ed alzandosi dal divano si massaggiò fra le gambe. La mano scendeva e saliva e dopo poco entrò nello slip.. Si fece vicina alle due donne e si mise a ballare con loro abbracciandole in una bachata di gruppo. Girandosi verso Celeste le chiese il permesso di procedere, non lo fece direttamente le chiese solo "se avesse voglia di ballare con loro" Celeste sapeva che accondiscendere avrebbe dato inizio all'orgia e forse lei non voleva che accadesse, forse era gelosa di Martina, forse... Si alzò e stringendosi a Fara le infilò la lingua in bocca in un bacio senza veli. Fabiana immediatamente prese un capezzolo di Martina fra le dita e poi, chinandosi verso la donna che era molto più bassa di lei se lo infilò in bocca succhiandolo avidamente. Dal canto suo Martina fece lo stesso, le prese con foga una mammella che strizzò con l'intera mano e poi fece scivolare la stessa all'interno del pantalone della Brasiliana. Fara si sdraiò sul divano e Celeste le fu sopra mentre Fabiana prese in braccio Martina e la pose vicina a loro. Le lingua, le mani, gli urletti di piacere, le linguate, i vibratori estratti dalle borsette, i frustini che apparvero nelle loro mani a volte dominatrici ed a volte schiave schioccarono sui loro giovani corpi. Martina e Fara, Celeste e Fabiana, Celeste e Fara, Martina al centro e Fara sopra, Fabiana da un lato e dall'altro lato Celeste che le strizzava il capezzolo con rabbia e con gelosia. In un'orgia completa di umori e di posizioni. Martina godeva, leccava, si faceva prendere e prendeva, rideva, baciava e si faceva baciare. Celeste le faceva male ma non le disse nulla. Godette ancora più forte e senza vergogna fino a che ne ebbe voglia. Fara fra le sue gambe si alzò in ginocchio e poi si mise a cavalcioni sulla sua faccia. Martina leccò ed in breve bevve dalla fontana della ragazza che le venne in faccia. Fabiana corse per leccare la faccia di Martina e Celeste fuori di testa si infilò il dildo e prese Fabiana da dietro con grande foga. La schiaffeggiava con forza e la pompava con vigore. Intanto Fara e Martina si baciavano lentamente in un petting post amore, finalmente delicato e languido. Celeste urlò la sua rabbia e la sua frustrazione mentre Fabiana sodomizzata con violenza dalla sua amica ebbe un orgasmo cosmico. Martina smise di farsi le lingue con Fara e rivolgendosi verso Celeste le chiese di prenderla con lo stesso dildo, la ragazza le rispose di no perché era stanca. Fabiana felice si offrì di sostituirla ed indossando il vibratore pre se Martina con foga prima dal davanti mentre Fara la leccava dietro e poi da dietro mentre Fara la prendeva dal davanti con un altro vibratore. Celeste si eccitò e si ributtò nella mischia leccando i piedi di Martina. Leccava le sue gambe, i suoi piedi e poi ancora su, più su fino alla vagina che la deliziò per molto tempo. La succhiò avidamente, la titillò, la toccò, la allargò, poi al colmo del suo piacere la prese ma con le dita. Le spinse in fondo e le girò poi le allargò, le chiuse, le riaprì e la possedette con gioia e con lussuria. Fabiana e Fara si stavano facendo dei giochetti deliziosi e Martina per nulla sazia si buttò in mezzo cercando nuovamente il suo piacere.

XVI

Donna Rosa

Uscendo dal suo studio per l'ora di pranzo Martina decise grazie al profumo dei fiori ed alla gradevole brezza primaverile che avrebbe fatto una passeggiata e non avrebbe pranzato nel solito ristorante. Entrò in questa bella locanda di perlinato alle pareti. Il profumo di mangiare l'accolse come una morbida carezza allo stomaco. In un angolo c'era seduta una bella donna bionda vestita di rosa. Martina la guardò intensamente e vide che vestiva con sobrietà. Era alta almeno un metro ed ottanta, ricci biondi, perle naturali, piccoli orecchini coordinati in parure su di un maglione Rosa a collo alto, pantaloni a sigaretta blu che seguivano delle gambe lunghe come autostrade. Di fronte aveva una bottiglia di rosso di Troia e ne beveva allegramente da sola. Un casco rosa ed una giacca da moto evidenziavano il gusto per le due ruote. Martina le passò vicino ed esclamò: "Che profumo stupendo". La donna alzò lo sguardo dalla cartina geografica che stava consultando e le chiese con imbarazzo:" Parli del mio profumo? For Her di Narciso Rodriguez. Anche a me piace molto è sensuale, moderno, raffinato con una fragranza floreale muschiata. Audace ma nel contempo delicato. Un retrogusto di ciliegio, gelsomino, fiori d'arancio mischiati a muschio bianco. Elegante, misterioso, femminile ma anche sensuale insomma esattamente come sono io" la donna aveva mostrato un'autostima alle stelle ma anche una buona dose di simpatia. Martina le sorrise e le rispose: "Non so se sei tutta quella roba ma sicuramente questo profumo è veramente buonissimo" poi le porse la mano e le offrì la sua amicizia. "Vuoi sederti con me? Ti offro un bel bicchiere di questo splendido nettare di vino rosso, lo conosci? Si chiama uva di Troia è un vitigno a bacca nera autoctono pugliese, prende il nome di nero dalla sua alta carica polifenolica che gli conferisce un colore rubino intenso che a volte può sembrare nero. In bocca è come avere un'esplosione di sapori. Ne vuoi?" prese in mano un bicchiere pulito e inclinandolo aspettò la sua risposta. Martina accettò di buon grado e poi le chiese cosa facesse in giro in moto da sola. " Non sono in moto ma in scooter, sai è molto diverso. I motociclisti non ci accettano nei loro gruppi ma nemmeno noi vespisti amiamo il loro modo di guidare. Sto aspettando un mio amico che dovrebbe raggiungermi. Lui è un militare di carriera e spesso ci incontriamo in giro per l'Italia e se poi ci va bene stiamo assieme, ci leviamo tutte le voglie e poi ognuno torna dove deve. A volte vorrei di più, a volte vorrei qualcosa di diverso ma poi mi accorgo che in fondo va bene così anche a me. Ognuno si vive la sua libertà ed ognuno può fare ritorno dove gli pare e con chi gli pare"

"Anch'io ho avuto una relazione durata tanti anni proprio perché non avevamo convissuto e nessuna chiedeva a nessuno niente. Siamo stati insieme fino a che ci è piaciuto poi, tanti cari saluti e via. Lui se ne è tornato da dove è venuto ed io ho continuato il mio percorso".
In quel momento entrò uno scooterista tutto sporco in viso e con le mani sporche. "Ciao Rosa, ce l'ho fatta ad arrivare ho bucato per ben due volte, porca vacca. Va bene che sono un elicotterista rotto ad ogni avventura ma bucare due volte in 150 km mi identifica come uno sfigato" la donna reclinò la testa all'indietro e aprendo la bocca si lasciò andare ad una risata fragorosa. "Sergio caro ma non ti sembra di aver esagerare nell'apostrofarti in tal modo? L'uomo ridendo scosse la testa e chiese di avere un bel bicchiere di vino rosso e che poi si sarebbe recato in bagno a lavarsi. "Fece un cenno di saluto incontrando lo sguardo di Martina. In verità la donna era molto interessata. L'uomo era un bel vitellone, muscoloso, al punto giusto, dalle forme leggermente morbide, un segno sul mento evidenziava un vecchio incidente. Rosa disse a Martina del cui sguardo interessata si era accorta. "Cosa dici lo accompagniamo in bagno a ripulirsi? Strizzandole l'occhio, prontamente ricambiata da Martina che nel frattempo era ammaliata dalla nuova possibile avventura. Sergio entrò nel bagno delle donne spingendo la porta deambulante, subito seguito da vicino dalla due ragazze. Rosa iniziò a baciarlo ed a limonarlo con intensità e

con passione, del resto ricambiata dall'uomo che eccitato accarezzava la nuca di Martina che gli stava prati-
cando una furiosa fellatio. Leccava, succhiava tirando
su è giù la testa con vigoria e lui la seguiva con la mano destra mentre con la sinistra titillava i capezzoli di
Rosa. Quasi subito Sergio spostò Martina e fece girare
Rosa, la appoggiò al bordo dei lavandini ed a pecorina
iniziò a scoparsela con una certa voglia mentre aveva
fatto sedere Martina di fronte a lui a gambe aperte e la
masturbava mentre con movimento sussultorio prendeva Rosa che sembrava gradire molto. Poi spostò
l'attenzione da Rosa a Martina e la penetrò infilandosi
fra le sue gambe. Rosa iniziò a limonare Martina mentre questa era oggetto sessuale di Sergio. Le due donne
si baciavano e si toccavano i seni con grande voglia,
leccavano succhiavano, titillavano mentre Sergio sco-
pandosi Martina gli venne dentro. Poi Rosa scese fra le
sue gambe e goccia a goccia lo leccò tutto. Lui la fece
rialzare e facendola girare nuovamente ridendo disse:"
Vieni bella signorina che adesso ti prendo anche da
dietro, non vorrai mica andare a pranzo senza avermi
preso anche dietro? Anzi ti dirò di più mettetevi entrambe girate, tiro qualche colpo a te e qualche colpo
anche a lei, chi sono io per non rendevi felici?" iniziò
a sodomizzare Rosa e poi Martina e poi Rosa e poi....
Il suo pene era fiero e duro come il ferro. Martina iniziò a mugolare perché il trattamento che le veniva riservato non era propriamente di suo gusto ma condivi-
dere quel tempo con questi due nuovi amici le piaceva

molto. Godeva tanto di testa oltreché di fisico e quindi si lasciò prendere senza dire nulla. Gli ultimi colpi furono duri, forti, decisi e subito dopo urlarono tutti godendo all'unisono. Le urla si alzarono dal bagno e poi, l'acqua dei rubinetti portò via ogni traccia di semi. Risero, si schizzarono di acqua come bambina e fuggirono dal bagno dopo aver lasciato dietro uno sfacelo. Si sedettero a tavola ed ordinarono ogni ben di Dio. Due primi, due secondi, contorno, formaggi, frutta e contorno, amaro e caffè ed ancora altri amari, Mirto, Limoncello, Amaro Lucano, Montenegro, giri su giri di risate e di occhiate complici. Verso le 16.00 la proprietaria della locanda chiese loro di saldare il conto e di andarsene perché dovevano chiudere. I tre ragazzi leggermente traballanti sulle gambe pagarono il conto e se ne andarono. Rosa chiese a Martina se volesse andare con lei oppure con Sergio. Martina disse che preferiva sedersi dietro all'uomo e senza dire altro si sedette dietro al vespino blu ed iniziò a carezzarlo in mezzo alle gambe. Sergio si sentì nuovamente ringalluzzito e chiese alle due donne se avessero voglia di sdraiarsi sull'erba in totale libertà. Seguirono un corso d'acqua mentre Martina lo masturbava avendoglielo tirato fuori da dietro. Le sue mani entrambe seguivano i fianchi dell'uomo che godeva sbandando vistosamente. Rosa era allegra ma leggermente gelosa della ragazza che toccava il suo amante ma poi, alla fine le piaceva quella ragazza e sto giro l'avrebbe voluta possedere anche lei. Si fermarono in uno spiazzo e Sergio tirò fuori una bella coperta colorata e la stese sull'erba poi con molta calma si spogliò tutto nudo e chiese alle ragazze di fargli compagnia. Rosa in men che non si dica si liberò degli indumenti restando immediatamente nuda vestita solo delle sue voglie e di un dildo che era apparso dal bauletto del vespino. Martina venne spogliata da loro, Rosa le levò la camicetta ed il reggiseno mentre l'uomo le levò i pantaloni e gli slip. La lasciarono nuda come mamma l'aveva fatta ed anche loro nudi completamente iniziarono a baciarsi ed a prendersi ovunque senza ritegno. Rosa fece chinare Sergio e senza proferire parola lo sodomizzò dopo aver sputato saliva sul suo dildo. Il vibratore lo aprì come il burro e l'uomo gemette. Rosa lo pompava con forza mentre Martina succhiava il suo pene che sembrava esplodere. Poi Rosa si fermò, si mise dietro alla donna ed iniziò a prenderla come uno dei migliori amanti. L'uomo si sdraiò di fronte alla donna ed iniziò a prenderla dal davanti mentre Rosa prendeva lui da dietro. I corpi muscolosi erano bagnati di sudore e di umori. Rosa si levò il vibratore e lasciò che Martina la leccasse fra le gambe, si lasciò succhiare, toccare ed ancora prendere con foga quando Sergio le si mise con la sua spada di carne nuovamente eretta, le salì sopra e la prese con regolarità e con voglia. Poi Martina lo spostò e dopo aver indossato il vibratore si mise lei fra le gambe della ragazza e d iniziò a montarla. Sergio in disparte si masturbava osservando la scena e Rosa mostrando una bravura insperata fece sua Martina e la portò all'orgasmo. Sergio venne da solo urlando come un bambino e poi si sdraiarono tutti e tre in riva al fiume a godersi i caldi raggi del sole. Martina baciò dolcemente Rosa per ringraziarla di ciò che le aveva regalato. Il sonno li prese velocemente ed in breve quella radura sembrò una grossa stanza matrimoniale ove gli amanti si riposarono senza disturbo. Quando Martina si svegliò, si vestì senza fretta e poi con passo spedito se ne tornò verso la città lasciando i suoi amici ancora addormentati. Si sentì allegra e serena e senza pensarci troppo se ne andò incontro alla sua vita.

XVII

La doccia

Rientrando verso casa si sentì felice di essere sola. Non le capitava spesso ma a volte l'amore migliore lo faceva con se stessa. Sentiva dentro di se la voglia di conoscersi, si accarezzava lentamente facendo scendere sotto alle sue dita il balsamo profumato al mughetto bianco ed al vetiver. L'essenza la rendeva padrona dei suoi spazi, modulò l'acqua calda ed indirizzò il doccino verso i suoi seni. Enormi, rotondi, gonfi e turgidi. Si accarezzava e si strofinava con una spugna morbida che si riempiva di acqua e di profumi essenziali che si spandevano sul suo corpo innamorato dell'amore. Lasciò che l'acqua le scorresse dai capelli, fino sulle spalle e poi giù sui glutei morbidi e torniti. Appoggiò la fronte alle piastrelle e lasciò che il suo corpo fosse preda dell'acqua e delle sue voglie. Le sue mani accarezzavano il suo corpo lasciandolo sempre più acceso e sensibile. Iniziò a titillarsi i capezzoli e li rese lunghi e duri come dei piccoli vulcani in eruzione. Passò il getto dell'acqua prima sul viso e poi scese sui seni, poi si fermò sull'ombelico e lì sostò per molto aprendo e chiudendo il flusso dell'acqua che assieme a lui giocava come fosse una bambina. Indugiò a lungo fino poi arrivare ad aprire le gambe per permettere al doccino di esplorare le sue voglie. Spalancò le gambe e con delicata attenzione cercò di far arrivare il getto dove più le piaceva. Gemette lungamente, allargò le grandi labbra ed allargandole infilò il getto dentro di se, poi girò il doccino intorno e con movimento rotatorio andò dentro fuori, colpì il clitoride con l'intensità dell'acqua e poi col dito eseguì un movimento rotatorio che la rendeva estatica. Chiuse forte le gambe, rilasciò i muscoli pelvici e poi li richiamò nuovamente. Si infilò la spugna dentro e la tirò fuori e poi ancora dentro e sentì la gioia arrivarle in gola. Si sedette nel box doccia ed allargando le gambe si prese con il deodorante che aveva trovato lì vicino e si era amata, si era presa decine di volte arrivando a sentire l'orgasmo forte. Quello che parte dai lombi, quello che ti leva il fiato e ti socchiudere gli occhi. Pianse lungamente di gioia, di erotismo, di sensazione meravigliosamente fisica. Sapeva di essere diversa da molte altre ragazze della sua età ma sapeva anche che in verità le piaceva esser così viva, così maliziosa, così erotica e tremendamente sensuale. Un animale da palcoscenico privato, una bestia del sesso, una donna vogliosa che non aveva mai abbastanza sesso né da parte delle donne né da parte degli uomini. Sentiva salirle forte in gola la voglia di succhiarlo, di prenderlo, di conoscere più uomini dietro ad organi sessuali eccitati che amici nel carnet, sentiva la voglia di leccarla, di perdersi dentro ai suoi umori, al caldo fra le gambe delle sue amiche, sentì la sua infanzia, la sua crescita problematica negli spogliatoi delle palestre. Immersa in atti sessuali da parte di bidelli, di coetanee, di pervertiti che la mettevano a novanta gradi senza chiedersi nulla di quella giovane maliziosa ed ingorda. Aveva avuto tante donne che l'avevano capito, forse. Amata mai. Di positivo c'era che tutto ciò che aveva voluto avere l'aveva avuto, e si era concessa tutte le volte che lo aveva voluto. Strana era la sua voglia di sesso, ma nemmeno troppo strana in fondo, sentiva salirle la voglia fino in gola e lei cercava di spegnere quella sete che la prendeva e la faceva arrossare in viso e la rendeva inquieta. Sentì forte nuovamente la voglia di godere e si lasciò andare al doccino che la stuzzicava e la rendeva ogni getto più libera. Ebbe un orgasmo talmente forte che le reni sembravano sussultare all'infinito. Si accarezzò fra le gambe e sussultò di gioia. Inarcò la schiena, il campanello squillò forte e lei senza nemmeno coprirsi andò alla porta e nuda come era sgocciolando vistosamente per terra aprì la porta. Celeste rimase a bocca aperta e disse:" Tu mi sconvolgi sempre, sei perennemente una sorpresa, mi fai morire. Posso entrare così smetti di bagnare tutto il parquet. "Martina aprì maggiormente la porta e si spostò facendola passare. Una volta entrata in casa la donna le si avvicinò ed iniziò a baciarla sul collo, le carezzava le spalle, le sfiorava le labbra senza mai soffermarcisi sopra. Amava sfiorare ma non toccare, estrasse la lingua ed iniziò a percorrere il corpo di Martina partendo dalle orecchie, scese lentamente lungo il collo, si infilò in bocca uno dei due crateri in eruzione che non aspettava altro che di essere succhiato. La mano destra accarezzava i glutei, la girò le diede dei piccoli morsi sulle spalle, la mordeva e la succhiava, la baciava, la leccava. Le morse i lobi delle orecchie succhiandoli da dietro. Le fece inarcare la schiena e la prese con due dita strette e pronte ad entrare in lei. Le spinse in fondo le seguì col braccio oltreché con la spalla. Continuando a mordicchiarle i lobi la scopava con ampi movimenti sempre più profondi. Martina si accasciò in avanti appoggiandosi al divano. Celeste levò le dita e ci mise la lingua la leccava avidamente davanti, dietro. Ogni buco che trovava era per lei una fontana dove spegnere la sua sete. Estrasse dalla borsetta il suo vibratore, lo indossò e la prese nuovamente con forza e con desiderio. Le sue gambe si piegavano e la prendevano ogni colpo sempre di più fino a che entrambe le donne spensero la loro voglia in un solo unico urlo. Si abbandonarono sul divano e si abbracciarono. Celeste aveva gli occhi semichiusi quando le mani di Martina aprirono la sua serratura e stavolta fu lei ad essere posseduta con forza e con decisione dalla ragazza che sembrava non volessi fermare mai. La prese prima davanti poi dietro, poi ancora dietro e di nuovo davanti. Gli umori si alzavano alti nella stanza e le due donne sempre più complici si abbandonavano al loro piacere. Martina si alzò e stappò una bottiglia di un buon Nebbiolo poi affascinata dal lungo collo della bottiglia decise di immergere la bottiglia fra le gambe di celeste e da lì bevve il nettare che mischiandosi agli umori sapeva tanto di donna. Risero senza limiti, risero senza tabù e celeste propose di farsi due spaghi. "Perché no? Martina si alzò e si mise in cucina nuda come mamma l'aveva fatta e per la grande gioia del vicino guardone che da quando lei era arrivata era sempre attaccato alla finestra con la mano sul pacco. Una pentola d'acqua calda, un pentolino di wurstel Servelade del Trentino, che Martina adorava. "Ti dispiace aiutarmi per la cena?" chiese Martina e l'amica rispose "Certo cosa debbo fare?" Apri la confezione di wurstel e infilandotene uno per volta riempili dei tuoi umori. Poi ci condiamo la pasta dopo averli tagliati a rondelle ed immersi nella panna con pepe nero che ho appena preparato. Condirono la pasta e si cibarono dell'ottimo cibo e poi si dedicarono alla visione di un vecchio film che veniva proiettato alla televisione. Martina lavò i piatti e poi senza proferire parola si sdraiò sul divano e lasciò ripartire la sua mano, in cerca di se stessa. Celeste rise e posizionando il suo viso fra le gambe dell'amica iniziò a leccarla lentamente, regolarmente, intensamente. Bella la vita pensò Martina e spalancò ancor più le sue gambe per farci entrare Celeste.

NOTE SULL'AUTRICE

Madame B, scrittrice erotica

Donna dei nostri tempi, è senza tabù e attraverso i suoi libri erotici descrive le realtà che vive e ha vissuto quotidianamente negli anni, senza nascondere nulla, senza filtrare nulla.

Sono esperienze vere, romanzate solamente nei nomi e nei luoghi per tutelare la privacy dei protagonisti.

Nulla trapelerà della sua identità reale, ma potrete fantasticare e ogni volta che una donna intelligente incontrerà il vostro sguardo direte "Secondo me è Lei Madame B!".

INDICE